RELATOS CORTOS DE TERROR Y FANTASÍA

Luis Arturo Zambrano M

Agradecimientos

Agradezco a la mujer que, aunque hoy no esté, siempre me inspiró a volar tan alto como quisiera, quien nunca cortó mis alas.

Agradezco a mi padre y mis hermanas, quienes me ayudaron a reparar mis alas cuando estuvieron rotas.

Agradezco a las personas que se alegraron conmigo, cuando les conté esta locura y me impulsaron a conseguirlo.

Y te agradezco a ti, lector, por darle una oportunidad a estos relatos.

Contenido

INTRODUCCIÓN ___________________________________ 7

AL OTRO LADO DEL ESPEJO _______________________ 11

MUNDO PARALELO _______________________________ 17

LA VENGANZA DE LA NOVIA ______________________ 21

RETRATOS ______________________________________ 25

EL DEMONIO DE LA VENGANZA ____________________ 31

EL MANTO DE LA MUERTE ________________________ 39

LOS ÁNGELES DE MI DESTINO _____________________ 51

EL CORAZÓN DE PIEDRA __________________________ 57

EL DÍA QUE LA MUERTE DESCANSÓ _________________ 63

DOCTOR SANADOR _______________________________ 69

EL ARRANCACORAZONES __________________________ 75

LA DAMA DE CRISTAL _____________________________ 83

INFIERNO _______________________________________ 91

DOS ALMAS ____________________________________ 103

REVIVIR ____ 113

EL ANILLO DEL DIABLO ___________________________ 117

INTRODUCCIÓN

Desde la antigüedad, el hombre siempre ha buscado la forma de expresarse y, por medio de las historias, ha intentado trasmitir emociones y sentimientos; por medio de las historias ha intentado explicar el mundo que lo rodea y cada parte que lo conforma. El hombre ha tratado de explicarlo todo. Fue así como también quiso explicar lo que le daba felicidad y lo que le daba miedo. Porque el miedo, aunque quisiéramos erradicarlo de nuestras vidas, es parte fundamental de ellas. Es lo que nos impulsa a crecer y ser mejores personas, cuando somos capaces de enfrentarlo.

Aunque no queremos aceptarlo, nos gusta asustarnos; de lo contrario no iríamos a ver una película de terror o leeríamos un libro de fantasmas y demonios. Aunque cubramos nuestros rostros con las manos o una cobija, sabemos, muy en el fondo, que esa sensación es la que nos hace mirar la espeluznante película o leer ese aterrador relato.

El miedo nos acelera, nos hace liberarnos, sentirnos humanos, sentirnos vivos. Lanzar un grito de terror es de las sensaciones más catárticas que existen.

Muchas veces no puedes expresar tus frustraciones, se acumulan en ti. Liberar el miedo, hace que te trasformes en una persona libre.

Relatos cortos de terror y fantasía te invita a abrir tu mente, a dejarte llevar y navegar por las historias que aquí están contenidas. Este pequeño libro pretende sumergirte en lugares que jueguen con tus sentidos, que te lleven de una emoción a otra. Algunas historias te harán suspirar, otras, entristecer; y quiero lograr estremecerte. Esas amalgamas de sensaciones te harán sentir libre, ser capaz de dejarte llevar, de imaginar cada espacio, cada situación, cada personaje. Las historias no buscan otra cosa más que invitarte a soñar, o tal vez, algunas, te lleven a experimentar pesadillas.

¿Quién dijo que la fantasía y el terror no pueden ir de la mano? Los dos se complementan. No puedes disfrutar una historia de terror si no tienes la fantasía para imaginar el lugar que te causa pavor y el ser aterrador que te quiere devorar.

Amigo lector, estos pequeños relatos dejan la puerta abierta, para que pases un momento navegando en los infinitos mundos a los que solo tu mente te puede llevar. No sientas miedo de perderte en ellos. Seguramente gustarás de estas historias al leerlas, tanto como yo lo hice al escribirlas.

Aquí te las estoy compartiendo, disfrútalas, son para ti. En muchas de ellas, encontrarás personajes como fantasmas, demonios, ángeles, magos. Están hechos del colectivo popular, han nacido de las historias y leyendas de los diferentes lugares que nos rodean. Seres que nacieron un día para quedarse, y hoy nutren nuestros cuentos más fantásticos, en algunos casos, perversos o aterradores.

Aunque se narren historias nacidas de la ficción, no quiere decir que no tengan un pequeño ápice de realidad. Vuelvo a decirte, abre tu pensamiento, déjate llevar. Permite que tu mente te lleve a una realidad en la que solamente tú puedes estar. Bienvenido a relatos cortos de terror y fantasía.

Relatos cortos de terror y fantasía

AL OTRO LADO DEL ESPEJO

Cristina tenía una fascinación con lo oscuro, sentía atracción hacia la brujería, invocación de espíritus o demonios. Todo lo oculto era de su agrado. Tal vez no había experimentado una situación realmente aterradora, hasta aquel día. La niña se quedó en su casa, sola, como de costumbre; sus padres trabajaban todo el día incansablemente, y en las noches solo tenían fuerzas suficientes para descansar.

Es decir, Cristina permanecía sola la mayor parte del tiempo que no pasaba en el colegio. Ese día se quedó frente al espejo, aquel espejo antiguo que había estado por generaciones en su familia. Le dio al escenario la mejor adaptación para un lugar de terror: tapó las ventanas, apagó todas las luces, encendió algunas velas y, por último, se sentó en posición de flor de loto.

Sosteniendo una vela negra recitó la siguiente frase: *"Alguien del otro lado, manifiéstate; alguien del otro lado, manifiéstate; alguien del otro lado, manifiéstate"*.

Pasaron 5 minutos, o tal vez más, sin obtener ninguna respuesta. No obstante, Cristina no se movió, permaneció estática en plena oscuridad, tan solo iluminada por la tenue luz de las velas.

De repente, una ventana se quebró, alertando a la joven. Una ráfaga de aire frío entró en el cuarto abriendo la puerta de par en par. Las velas se apagaron y la oscuridad se posó en la habitación. Cristina permaneció en el mismo lugar, pero no era por placer o deseo de sentir temor, sino debido a la imposibilidad de moverse, estaba petrificada del miedo.

Sintió una extraña sensación de no estar sola, alguien caminaba detrás de ella, emanaba un aire gélido y nauseabundo. Cristina cerró los ojos con fuerza, un ser se acercó a su oído y susurró algunas palabras inentendibles. Con los puños apretados y su corazón desenfrenado, trató de oponerse al instinto de salir corriendo, pero le fue imposible; con los escasos vestigios de valentía que aún tenía, se levantó del suelo dirigiéndose a su habitación. Entró despavorida y cerró la puerta con pestillo, aquello que le habló estaba siguiéndola.

A partir de ese día nada fue igual, día tras día extraños ruidos se manifestaban en su casa: las tablas del piso crujían, susurros atravesaban las paredes y se escuchaban por cada recoveco, alguien subía las escaleras, zapateando con furia. Los objetos caían por todos lados, y los electrodomésticos, como televisores y radios, se encendían solos.

Cristina por fin entendió que hay cosas con las cuales no se debe jugar, pero, por vergüenza a sus padres, ocultó la verdad, dando paso a su calvario. En las noches era incapaz de conciliar el sueño, en su alcoba sentía una presencia, no sabía quién o qué era, pero se acercaba a ella, susurrando; además, un frío aterrador le helaba hasta la médula ósea. Cristina estaba perdiendo la razón, y la falta de sueño terminó por debilitarla.

Un día, cansada de la situación que estaba viviendo, decidió enfrentar al ente.

—¿Qué quieres? Déjame en paz—. La entidad, deseosa de entablar contacto, se hizo entender. La puerta de su dormitorio, como accionada por arte de magia, se abrió, y una neblina blanca ingresó. Una figura amorfa la invitó a seguirla. Cristina, temblando de miedo, se incorporó de su cama y la siguió, a pesar del temor que la gobernaba, estaba decidida a frenar todo de una vez por todas. Caminaba cautelosa para no despertar a sus padres.

La puerta, del cuarto donde estaba aquel espejo antiguo, se abrió justo como lo había hecho la de su habitación. La niebla blanca penetró en el espejo y desapareció. Cristina siguió con su caminar lento hasta el espejo. A través de él, pudo ver una figura femenina, como de unos 80 años. Su rostro estaba pálido, sus labios morados no dibujaban ninguna reacción, y sus ojos negros eran inexpresivos y carentes de cualquier asomo de vida.

La mujer se acercó lentamente hasta Cristina, que estaba asustada y, tal vez por eso, no logró moverse. Extendió su blanca mano, como queriendo alcanzar algo. Cristina, aterrorizada, imitó a la mujer. Las dos manos intentaron tocarse, separadas únicamente por un espejo. Aquella figura femenina emitió un grito estridente y de ultratumba. Cristina sintió que poco a poco se desvanecía, y perdió el conocimiento. Finalmente, el cansancio la venció y se desplomó en el piso.

Después de unos minutos, los cuales ella no pudo precisar, recobró el sentido lentamente. Miró a sus padres, que trataban de levantar a alguien del piso, pero no era ella, o mejor dicho, ¡era ella! Sin embargo, se miraba de lejos, como si su alma se hubiera separado del cuerpo, o algo así. Observó cómo su otra yo recobró el conocimiento y se abrazaba con sus padres. La levantaron y llevaron de brazos hasta salir de la habitación.

Cristina detalló su reflejo en aquel espejo, para su asombro y terror, notó que su juvenil rostro había cambiado a uno decrépito, miró sus labios morados y palpó su cara con sus manos blancas y esqueléticas. Pudo ver que era aquella mujer que había visto antes del otro lado del espejo.

Gritó fuertemente y golpeo con ambas manos el cristal: ¡Auxilio, sáquenme de aquí! De pronto, la puerta se abrió lentamente, miró su rostro juvenil del otro lado, y este le sonreía con malicia.

La otra Cristina empujó el espejo; cayó con estrépito y se fragmentó en mil pedazos, dejando el alma de Cristina atrapada, en el cuerpo de esa anciana, al otro lado del espejo.

Relatos cortos de terror y fantasía

MUNDO PARALELO

Miro la ciudad quedarse atrás, escucho aún la voz de mi padre, retumbando en mi cabeza, advirtiéndome que no vaya al final del bosque, obviamente lo ignoré y desobedecí, como siempre. La ciudad, desde aquí, ya no se divisa, tan sólo veo árboles gigantes, que parece quieren devorarme. Entre la hierba crecida se escuchan animales, que salen corriendo, buscando refugio al oír el paso acelerado de mi bicicleta.

Cuando finaliza el camino, ahí está, la casa del diablo, algunos metros más allá; así la llaman en mi ciudad. Según leyendas, ahí habita el diablo, atrae a incautos y los encierra en un infierno terrenal. Muchos curiosos desaparecieron cuando transitaron estos caminos malditos. Yo, yo estoy aquí, confirmando que son solo habladurías o, tal vez inconscientemente, demostraré que las historias son reales.

El camino es difícil continuarlo en bicicleta. El suelo está lleno de rocas filosas que logran pinchar las llantas, además, el sendero comienza a ascender.

La montaña Punta de flecha es el resultado de esa elevación, y debe su nombre a su forma. Dejo la bicicleta en el piso y comienzo mi ascenso. El camino está lleno de maleza, de mosquitos que aprovechan mi presencia para alimentarse. Además, las lluvias continuas han dejado el camino intransitable y pantanoso.

Después de 50 minutos subiendo, estoy en la cima, doy un vistazo detrás de mí, y a mis pies estaba la ciudad, con sus calles empedradas contrastando con las avenidas, que le dan un toque de gran ciudad. Las casas coloniales, desapareciendo de a poco, opacándose con los grandes edificios, que están comenzando a gobernar. Me recordaba los grandes árboles, solo que aquellos son gigantes de concreto.

Di un último vistazo a la ciudad, melancólico, sin saber por qué. Sentía como si me estuviera despidiendo. Aun así, continué mi trayectoria. Cuando miré al frente, el panorama cambió, los verdes que estuvieron conmigo hasta ese momento, habían cambiado por raíces marchitas y suelos anaranjados. Además, parecía ser un cementerio de animales, por todo el camino se podían encontrar restos óseos de perros, conejos, vacas y otros animales que no reconocía. Era una sensación extraña, se sentía mucho frío, pero el lugar había pasado de ser un bosque pantanoso a un desierto.

Al final del camino una casa me esperaba, hecha de madera, en ruinas; la pintura blanca que la cubría, en su mayoría, ya estaba caída, dejando al descubierto palos mohosos y cubiertos de musgo. Las tejas lucían un manto verdoso. Después de la casa, había una nube grisácea que impedía ver más allá. Intenté regresar, pero me fue imposible, era como si mis piernas solo obedecían cuando me dirigía a la casa.

Una puerta, frágil y sin cerrojo, me recibió. Escrito con algo filoso, decía: "NO ENTRES, O NUNCA SALDRÁS DEL MUNDO PARALELO". ¿Mundo paralelo? ¿Qué significaba esa advertencia? Quise entrar cauteloso, sin embargo, la madera, rechinando, me lo impidió. El interior estaba vacío, tan solo oscuridad, ratas y más restos óseos de animales; mucho polvo y telarañas. Saqué la linterna de mi celular, para poder ver a dónde iba. No existían muchas cosas que conocer, un solo cuarto que cumplía las funciones de sala, comedor y dormitorio. Contaba con una única ruta de acceso y salida, no tenía muebles o armarios; hablabas y el eco te respondía. No obstante, cuando miré sus paredes, quedé petrificado. Miles de rostros, que parecían velas derretidas, las adornaban. Logré distinguir a mis amigos y algún que otro vecino, que se decía desaparecieron hace mucho. ¡Quedé horrorizado! Nuevamente quise huir, pero mi cuerpo no respondió.

Encima de mí comenzaron a caer esas manchas amorfas, color salmón, en lo que se habían convertido mis amigos. Emitían lamentos, tan agudos que perforaban mis oídos.

Esas cosas me arrastraron hasta las paredes. Parecían manos derretidas, como aquellas películas de monstruos. Luché para liberarme, hasta que escuché un sonido más aterrador. Algo, o alguien, arrastraba pasos encadenados. De la pared, salió un rostro triangular, con dos grandes ojos, resplandecientes, y un remanente que le colgaba de su boca y nariz. Respiraba rápido, desplegó sus manos y una baba, color salmón, salía de todo su cuerpo, chorreando en el suelo.

—Bienvenido al mundo paralelo —dijo—. Tu cuerpo se descompondrá aquí, conmigo, tu alma vagará por mi mundo.

Desperté agitado, en mi habitación. Miro alrededor y todo es de un color salmón. Me veo en el espejo y parezco un cadáver andante. Casi que mi piel está adherida a mis huesos, y tengo un color grisáceo, como si acabara de fallecer. Salgo a la calle y todos caminan como zombis. Todo está opaco y las casas se están cayendo a pedazos, como si el tiempo hubiera puesto su mano sobre todo. Los carros están en las calles, herrumbrosos, y el asfalto está fragmentado y desolado. Una neblina rojiza atraviesa la ciudad. Yo empiezo a sentirme torpe, y cada vez más olvido lo que fue mi vida pasada. Observo hombres, que fueron amigos, devorarse unos a otros. Y ese ser derretido, parecía que me perseguía.

LA VENGANZA DE LA NOVIA

Una tarde de abril fui al bosque, quería encontrar paz, tranquilidad, encontrarme a mí mismo, despejar mi mente, y recobrar fuerzas para seguir adelante. Aunque debo admitir que es raro ir y acampar solo, eso me revitalizaba. No importaba, era mi lugar de escape desde siempre, desde que era pequeño y mi padre me traía para pescar; o cuando venía a ver las estrellas, encender fogatas y contar historias con mis primos o amigos. En fin, siempre lo frecuentaba, ayudaba a mi espíritu cuando quería estar solo y lejos del resto del mundo.

Pero el bosque ha cambiado, se siente extraño y diferente, no es el mismo que solía frecuentar. Los árboles parecían más grandes e intimidantes, el río era más caudaloso y circulaba con furia, escuchaba su fluir demencial y rápido. Tardé mucho tiempo en encender la fogata, y mantener viva la llama fue aún más difícil.

A pesar del calor que emitía la fogata, hacía un frío glacial, temblaba de pies a cabeza, y no podía abrigarme ni con la chaqueta más gruesa que tenía.

De repente escuché un ruido, era una voz de mujer que tarareaba una hermosa melodía que me hipnotizaba. En un instante no importó el frío, el miedo, el río, los árboles... no importó nada. Busqué a la dueña de esa voz, acompañado con la escasa luz que emitía la fogata.

Una mujer se ocultaba tras un árbol, unos ojos miel centellaron, adornando un rostro pálido, rodeado de cabellos colorados que bailaban con el viento. Me acerqué lentamente, con precaución, preguntando quién era y qué necesitaba, la única respuesta que obtuve fue su risa angelical y ese tararear hipnotizante.

Me fui acercando más y más, y noté que esa mujer estaba herida. Traía un vestido de novia, percudido, rasgado y manchado de tierra y sangre. Traté de ayudarla, pero ella salió corriendo. Temí que estuviera mal herida, salí inmediatamente tras ella para ofrecerle mi ayuda. Al parecer no reparé en que, estando mal herida, corriera tan rápido.

No sé cuánto corrí, cuando reaccioné me encontraba en medio del bosque, inmerso en una penumbra absoluta. Estaba lejos del campamento, porque no podía divisar la luz que emitía la fogata. La voz celestial de la mujer se escuchaba lejos, pero a la vez cerca.

Se alejaba tanto que tan solo se podía escuchar un breve susurro; inmediatamente se escuchaba tan cerca que taladraba mis oídos.

¿Qué clase de broma era esa? La mujer en medio de la oscuridad se movía entre los matorrales, me rozaba y se alejaba. Le reclamé que me dejase en paz, pero solo escuchaba su risa burlona y suave.

—Tú eres como los demás —me recriminó.

—¿Quiénes son los demás? —pregunté, sin saber a qué se refería.

—Dijo que me tomaría como su esposa —su voz se distorsionó—. Me engañó, jugó conmigo, y el día de la boda me humilló. Me vendió a sus amigos, y ellos abusaron de mí —la vi acercarse, su rostro pálido se puso frente al mío—. Eran guapos, como tú. Lo recuerdo —comenzó a acariciarme el rostro, sentí sus manos frías y rasposas—. Todos ustedes merecen morir —El cielo se puso más negro de lo que estaba, algunos rayos comenzaron a caer. Al principio distanciados en tiempo unos de otros, luego más seguidos—. Pagarás por lo que has hecho.

Sin poderme defender, fui atacado por la mujer. Aquella dulzura que me cautivó se convirtió en una dulce masacre. Sus cabellos rojos se alargaron y, como cadenas, comenzaron a estrangularme, sus manos frías y rasposas me despedazaron la ropa y luego la piel.

Golpeado, logré salir del bosque.

Entré buscando paz, pero encontré una novia en guerra, dispuesta a acabar con todos los hombres que quieran entrar en el bosque que adoptó como hogar. Cuando unos hombres malvados la dejaron abandonada a su suerte, ella había muerto sola, incapaz de buscar ayuda en aquel solitario lugar.

Antes de morir, juró vengarse de cuanto hombre entrase en aquel lugar, haciéndoles pasar los peores castigos.

Ningún hombre muere a causa de esa mujer, pero sale lo suficientemente herido, mental y físicamente, como para no querer vivir más. Esta es mi historia, tengo pesadillas, alucinaciones, y mi espíritu ha sido abatido y destruido para siempre.

RETRATOS

José Rodríguez era un talentoso pintor, su fama y reputación habían alcanzado límites impensados en toda la ciudad, e incluso en el mundo. El realismo que lograba plasmar en cada cuadro lograba hacer que las personas se sintiesen identificadas con lo que retrataba en el lienzo.

Sentían la angustia de aquellos cuadros donde las personas se quemaban; sentían el frío que amenazaba aquella mujer apuñalada, huyendo del asesino en plena nevada; o aquella mujer colgada del techo boca abajo, aumentaba la presión en las cabezas de quienes observaban el cuadro, sintiendo la sangre aglomerarse en sus cráneos por la fuerza de gravedad.

Aparentemente José era un misógino, pero cada retrato levantó la admiración de todo el mundo, no por lo macabro de su arte, si no por el realismo que emitía. Aunque, de todas partes del mundo, llegaba gente a mirar su obra, José nunca concedía entrevistas.

Era un solitario al cual la compañía humana le causaba rasquiña, prefería evitar todo contacto social.

Permanecía alejado de los medios, y su vida privada era eso, privada. Sin embargo, Sonia Cabiedes, una hermosa y apasionada estudiante de periodismo, logró eso, eso que los periodistas más famosos y experimentados del mundo no habían podido, consiguió una primicia.

Un oscuro secreto se ocultaba tras las lujosas habitaciones de la mansión de Green Way, el lugar donde vivía José. Sonia se sorprendió al ser el mismo artista quien le abriera la puerta cuando ella lo visitó para realizarle la entrevista. "Generalmente los hombres con mucho dinero tienen sirvientes a su disposición, para ellos no mover ni un solo dedo", pensó la mujer.

Fue conducida por un largo pasillo, flanqueado por cuadros de personas que parecían observarla inquisitivamente, o tal vez clamaban ayuda; sin duda alguna eran dignas obras de José. Al final del pasillo llegaron a un salón, se acomodaron en los lujosos sillones al estilo antiguo, semejantes a aquellos donde los reyes gobernaban. Se sentaron uno frente del otro.

Cuando Sonia quiso romper el silencio y comenzar a realizar su entrevista, José levantó su mano indicándole que no hablase.

—No te invité aquí para hablar —dijo con voz fría y autoritaria.

Sonia sentía la mirada penetrante del hombre, aquella mirada que parecía desnudarla y recorrer su frágil y desnudo cuerpo, aunque, a pesar de lo incómoda que pareciera la situación, Sonia disfrutaba esa mirada.

Sentía una extraña sensación con aquella mirada negra sobre sí, sobre sus pechos, sus caderas y sus partes más íntimas. Ella no podía disimular la creciente excitación que comenzaba a emanar de su ser.

—¿Quieres saber a qué se debe mi éxito? —nuevamente habló José con esa arrogancia en la voz, sin dejar de sonreír. Sonia asintió, tan sumisa e inocente, que le costaba creer que no podía decir una frase coherente.

José se levantó del sillón y comenzó a caminar, la indefensa mujer lo imitó, como aquellos perros falderos que siguen a su amo a donde quiera que vaya. Al respaldo de la mansión, un bosque los esperaba.

El lugar cada vez se ponía más oscuro a medida que se adentraban en él, la maleza del sitio parecía cobrar vida y vigilarlos con ojos expectantes. Ella sintió miedo y ganas de regresar a su casa, pero le fue imposible, su cerebro y su cuerpo funcionaban independientemente, mientras uno quería escapar de allí, el otro seguía caminando detrás de José.

Finalmente, el lúgubre camino los condujo a una casa que lucía peor que el sendero que habían atravesado. Era muy pequeña, completamente hecha de ladrillo.

Tenía las ventanas tapizadas con madera mohosa y vieja, el tejado cayéndose a pedazos; además, la maleza alrededor de la casa hacía difícil acceder a ella sin tropezar o chocar contra algún arbusto.

Sin embargo, esto no pareció importarle al hombre, quien penetró en su interior acompañado por Sonia y los ruidos propios de la noche que se avecinaba. La puerta emitió un chillido al abrirse lentamente, tan lento y aterrador, que hacían erizar los vellos a cualquiera. Quiso salir corriendo nuevamente, pero, ahora su cuerpo se había desconectado de su cerebro totalmente.

En el interior de la casa se percibía un hedor a sangre y carne podrida, además, el frío que circulaba le helaba la sangre a cualquier ser humano.

La escasa luz que entró, mientras la puerta se cerraba, no permitió distinguir nada; únicamente Sonia alcanzó a percatarse de las paredes manchadas de lo que parecía ser sangre y suciedad, adoptando figuras amorfas.

Un breve instante de luz dio paso a oscuridad total e infinita. Sonia sintió como si hubiera penetrado en otro mundo, un mundo de desesperanza y desolación. Se sintió tan deprimida, incapaz de encontrar consuelo.

En su mente se arremolinaban sentimientos de miedo, tristeza y angustia; se acercaba a un terrible desenlace.

—Aquí es donde mi arte fluye —El silencio se rompió como un gran cristal, la voz de José retumbó en la pequeña casa—. Él me da talento... yo le doy almas.

Sonia sintió una respiración gélida en su cuello, unas manos surcaron su cuerpo sin tocarlo.

Estaba petrificada, lo único que funcionaba a gran velocidad era su corazón latiendo, queriendo salir de su caja torácica. Milagrosamente reaccionó, dio media vuelta y trató de huir, pero la puerta se interpuso en su camino. Extrañamente, a pesar de no tener cerrojo, no quiso abrirse. Sonia experimentó una fuerza que la agarró de las piernas.

Una especie de vacío comenzó a succionarla. Ella trató de aferrarse al piso con sus uñas, mas fue inútil. Aquellas manos filosas la arrastraron, mientras gritaba, sin encontrar respuesta, por la desolada casa; sus uñas se quebraron, y en el suelo, los rastros de sangre salida de sus dedos delimitaban su camino hacia su triste final.

Nuevamente todo fue silencio, los gritos desesperados de Sonia se habían evaporado rápidamente. No hubo testigos de lo que allí pasó. Un extraño ser, venido del averno, pactó con José. Él, a cambio de su talento, alimentaba a la bestia. Por eso prefería la soledad y el exilio. Buscaba de vez en cuando mujeres, para hacer intercambios por retratos. Sus macabras obras eran tan reales como el sol que quema o el agua que moja.

José encendió un candelabro para dirigirse nuevamente a su mansión. En su brazo derecho llevaba su nuevo cuadro: una mujer de cabellos negros y ojos miel, aferrándose al suelo con vehemencia, mientras una fuerza invisible la arrastraba hacia una oscuridad absoluta.

EL DEMONIO DE LA VENGANZA

Juan era un joven como cualquier otro. Tenía 16 años, le encantaban los video juegos, leer comics, estudiar y quería, anhelaba, soñaba con llegar a una universidad becado, para poder estudiar medicina, un sueño por el que siempre luchaba incansablemente. Sin embargo, Juan no era tan feliz como parecía, a diario sufría el bullying que le hacían en su escuela.

Tal vez por ser el nerd del salón, o quizás por ser el consentido del rector, o porque las niñas más lindas del salón se acercaban a él para pedirle alguna lección personal. Fuera cual fuera el motivo, no había día en que Juan no sufriera del asedio de sus compañeros; incluso los fines de semana Fred y su corte se encargaban de llevar el bullying a niveles de redes sociales o vandalismo en la casa de Juan.

¿Y quién era Fred? Pues un niño regordete, de piel pecosa y ojos adormilados. Él se encargaba de armar toda la arremetida contra Juan y muchos otros niños del colegio.

Juan pensaba que, si Fred no estuviese, su sufrimiento en la escuela acabaría para siempre. Esa idea no salía de su pensamiento. Día tras día, el odio lograba adherirse a su cabeza como la piel se adhiere a los músculos. Y Juan, talentoso en encontrar soluciones y respuestas a todo, pasaba sus horas ideando un plan para vengarse, pero cada idea creada se desvanecía tan rápido como llegaba.

Algunas eran muy descabelladas, otras requerían de demasiada ayuda, con la que él no contaba. Dicen que existen ocasiones donde el mundo conspira de maneras extrañas; Juan descubrió aquel día que esas coincidencias sí pueden llegar a presentarse. Un sábado en la mañana, daba un recorrido por su enorme casa, más exactamente en el patio trasero. Justo desde ahí vio cómo una sombra se movió en la habitación de su difunto abuelo. Aquella visión, en lugar de asustarlo, lo atrajo. Si existiera la posibilidad de ver un fantasma, que mejor circunstancia que ver al fantasma de su abuelo.

Sin dilación se dirigió hasta la abandonada habitación, llena de periódicos amarillentos, libros enmohecidos, ropa vieja y enseres en ruinas. Todo un monumento a la desolación que deja la partida de un ser querido. Abrió la puerta de un golpe, el chirriante sonido atravesó la casa, una suerte que su madre no estaba en ella. Con su mirada exploradora hizo un rastreo visual desde la ventana, donde se percató de la sombra, hasta donde la perdió de vista.

No hubo nada notorio, tan solo fue una jugada del polvo removido por alguna brisa que se coló en la habitación. Era momento de salir de ese cuarto, antes que el polvo irritase su nariz y desencadenase su habitual e incurable sinusitis.

Accidentalmente, cuando comenzó a retroceder, chocó con una montaña de libros y cuadernos viejos colocados en un escritorio. Al comenzar a recogerlos, se encontró con el viejo baúl de las reliquias de su abuelo. Lo abrió con cuidado, y encontró un manuscrito viejo y derruido, fiel representante de la decadencia de las cosas, escrito —al parecer con tinta— en idioma extraño.

Aquel baúl era donde su abuelo solía guardar las cosas que más apreciaba. Sin embargo, a Juan le llamó la atención encontrar algo tan viejo y escrito en ese idioma, tal vez latín. Se interesó por develar que escondían sus párrafos escritos en un idioma ajeno al suyo. Descifrar el cuaderno no fue tarea difícil; internet, junto a una mente brillante y sabia, es el coctel perfecto para resolver los grandes enigmas del universo.

El manuscrito en latín arrojaba un conjuro capaz de complacer al hombre más desdichado que exista. Lo que Juan ignoraba por completo era que aquel manuscrito encerraba en sus páginas a un poderoso demonio, el señor de la venganza. Tardó mucho en comprender lo que estaba haciendo, pero una noche lluviosa y más oscura de lo normal, lo entendió todo.

Leía algo en su computador, rodeado del silencio infinito que habitaba su casa. Su madre era enfermera, y aquella noche estaba de turno, su padre había fallecido. No fue hasta llegada la media noche que aquel silencio se rompió, tan frágilmente, con un pequeño silbido. Juan frenó su lectura, inspeccionó a su alrededor, únicamente alumbrado por la tenue luz que emitía su portátil.

Al no ver nada, pensó que era una jugada de su mente y volvió a lo que estaba haciendo. Una vez más, el silbido lo alertó, esta vez un poco más fuerte. Juan tardó algunos segundos en comprender que lo escuchado era real, pero sabía que estaba solo, aquel ruido era algo ilógico, y nuevamente regresó a su labor. Esta vez un tercer silbido, no venía solo, Juan sintió una presencia detrás de él y un olor repulsivo, como de carne podrida, penetró en su nariz, con tal violencia, que le produjo arcadas.

—No te des la vuelta —ordenó una voz de ultratumba. Juan obedeció, la voz lo había petrificado, y el miedo hizo que comenzara a temblar. Su respiración se aceleró y su corazón quería desbordarse por la boca.

—¿Qui...qui... quién e...e...eres? —Finalmente preguntó Juan, pensando que se trataba de un ladrón de joyas.

—Arioch, soy el demonio de la venganza, y tú me has convocado —Su voz retumbaba en los oídos de juan como tambores.

—¿Qué... qué quieres de mí? —Juan era inteligente y trató de mantenerse calmo.

—La pregunta es: ¿Qué quieres tú de mí? Pues me has convocado —explicó Arioch—. Yo me vengaré de Fred, y tú únicamente tendrás que alimentarme.

—¿Cómo te alimento? —preguntó Juan, tratando de controlar su voz, pero dejando que el odio que sentía hacia Fred hablara por él.

—Dame almas vírgenes, y yo cumpliré todos tus deseos.

—Acepto —dijo Juan, tratando de contener su miedo y de ver al demonio que tenía detrás.

—Tampoco debes verme, o tomarás mi lugar en el cuaderno.

Juan cerró el trato con el demonio. Transcurrió la noche, y a la mañana siguiente se sorprendió al ver cómo el chofer del bus escolar perdía el control y atropellaba a Fred.

Parecía el camino hacia la gloria. Juan pedía y pedía, alimentando un terrible deseo de poder en su interior, un poder insaciable que lo hacía imbatible. Entonces llegó el momento de alimentar a la bestia. Al principio, cada favor recibido, Juan lo compensaba engañando niños indefensos que caían en su trampa. Era fácil engañar a inocentes con la promesa de un juguete para llevarlos a su casa, y ahí darlos en sacrificio a Arioch. Sin embargo, empezó a verse perseguido por los quejidos de niños llorando, angustiados.

Y la situación empeoró cuando no solo escuchaba los lamentos de esas pobres almas inocentes, sino que los veía en cada espacio. A medida que pasaba el tiempo el número de peticiones que hacía Juan contra sus verdugos disminuía, en contraste, las veces que tenía que alimentar al demonio aumentaban.

Al principio estaba feliz, por haberse vengado de las personas que se encargaban de hacerle la vida un infierno. Disfrutó cada hecho accidental donde perdían la vida. Vio vigas soltarse y aplastar a Carlos, el mejor amigo de Fred; Susana, la novia de Fred, sufrió un infarto, todos lo atribuyeron a una sobredosis, porque alguien tan joven no podía infartarse. Uno tras otro fueron cayendo, Fred era su líder, pero ellos aplaudían cada acecho contra Juan, así que debían pagar por sus burlas.

No obstante, esa felicidad se fue convirtiendo en sufrimiento. Juan perdió el apetito, perdió tanto peso que era posible contar cada costilla de su pared costal. Su pelo se caía por montones, incluso respirar se transformó en una pesadilla. Una tarde de sábado, no aguantó más y miró al demonio, tal vez en su desespero por frenar ese sufrimiento. Se encontró con un rostro desfigurado, negro, acompañado de cicatrices supurantes, dientes filosos y ojos penetrantes e inyectados de sangre; su cabeza era casi calva, con escaso pelo ralo; además, poseía una sonrisa despiadada, como si esperara la decisión de Juan desde que lo convocó.

Lastimosamente, la decisión de Juan no mejoró en nada la situación, su alma quedó atrapada en el cuaderno, pero su cuerpo sirvió de recipiente para un demonio, que ahora estaba libre para atormentar sin ninguna restricción.

EL MANTO DE LA MUERTE

¿**H**as sentido esa sensación de desesperanza que te impide levantarte cada día, con ganas de luchar por algo? Ese sentimiento se ha apoderado de mí, de repente, es como si hubiera muerto, pero en vida. De pronto, lo que te causaba alegría, hoy es tan indiferente, tan efímero, como si ya nunca pudieras volver a sonreír. Así es la tristeza, es como aquella nube que opaca el sol y tatúa el día de un gris sin brillo.

Hace algunos meses perdí a mi hija, tan sólo tenía 12 años, pero la leucemia no respeta la juventud. Fruto de una aventura, nació la mujer que más he amado en mi vida, mi pequeño tesoro. Conocí a su madre en una discoteca, una noche que salí a divertirme con mis amigos.

Ella era toda una doncella, hermosa como porcelana, frágil y fuerte a la vez; era dulzura y pasión juntas. Aquella noche obedecí a mis instintos y, a partir de ese día, quedé atrapado en su cuerpo y lujuria. Obviamente, cuando todo es placer, olvidas lo demás; es como una droga, quieres más y más.

Pero, incluso cuando estás inmerso en la fantasía, siempre tienes que despertar, aterrizar de una manera tan abrupta, que todo tu castillo se cae a pedazos. Fue entonces cuando Dayana experimentó un retraso; ninguno de los dos estábamos preparados.

El mundo se nos comenzó a venir encima. Ella, una universitaria adicta a las drogas, mantenía su vida gracias al esfuerzo de sus padres; y yo era un simple mortal que recién comenzaba a ganarse la vida, con un sueldo mínimo. El estrellón fue duro, ambos estábamos en shock, incapaces de comprender la tormenta que se nos avecinaba.

Decidí tomar cartas en el asunto, conseguí otro trabajo, me alejé de las fiestas, y traté de enderezar mi vida. Al principio lo intentamos. Los padres de Dayana, obviamente, no volvieron a hablarle, y solo contaba conmigo; me convertí en ese hombre que ella y mi hija necesitaban. Pero, a veces, tienes hábitos tan adheridos a ti, que es más fácil volver a nacer que deshacerte de ellos.

Admito que Dayana lo intentó, pero se rindió muy fácil. Resistió 6 meses antes de abandonarnos. Un viernes, 13 de junio, desperté y ella ya no estaba. No dejó cartas, se llevó sus maletas y mi dinero; jamás volví a verla. Desde entonces me encargué de cuidar a Carolina y darle lo mejor de mí. Cuatro años atrás luché junto a ella contra esta terrible enfermedad; finalmente murió. Y al irse, mi alma se fue a su lado.

Pero no estoy aquí para contarte sobre mis penas, eso –como dicen– es harina de otro costal. Sin embargo, sí te contaré cómo este acontecimiento cambió mi vida. Diré que soy un cobarde, y aunque lo he querido, nunca he sido capaz de llegar al suicidio. Mis deseos de morir tan solo son una ilusión, y en realidad no quiero hacerlo, pienso que si muero no sufriré más y perderé el recuerdo de mi niña. Recordarla es lo único que me mantiene vivo. Sea lo que sea, era incapaz de ocultar la tristeza que cargaba en mi corazón, en ningún momento me dejaba solo.

Una noche fría, como todas las de mi ciudad, alguien tocó a la puerta. Dormitaba en mi alcoba y no asimilé bien el toc toc, sino hasta que golpearon con mayor fuerza. Una breve batalla, entre mi mundo de sueños y mi mundo real, se llevó a cabo. Al final, supe que era todo cierto. Abrí mis ojos, aún me encontraba en estado de estupor, pero consciente de lo que sucedía a mi alrededor. Miré mi reloj y las 11 pm ayudaban a espabilarme. ¿Quién podía ser a esa hora? Sabía que nadie me visitaba, ni siendo temprano, mucho menos a esa hora.

Descendí muy despacio, armado por un perchero en mi mano derecha, y mi corazón palpitando como loco, estaba a punto de estallar, latía tan fuerte, que parecía que todo mi cuerpo vibraba a su ritmo y yo era incapaz de controlarlo. Miré por el ojo mágico de la puerta, un extraño señor de capucha negra, que no dejaba ver su rostro, esperaba a que le abriera.

Obviamente no le abres a un extraño que toca a tu puerta vestido como monje, a las 11 de la noche. Lo amenacé pidiendo que se marchara o llamaría a la policía. —¡Qué infantil! —pensé, seguro el hombre iba a salir corriendo. Agarré el perchero con las dos manos, sin dejar de temblar como celular en modo vibración. Nuevamente miré por el ojo mágico, y el ser ya no estaba. Logré espantarlo, mi infantil amenaza había dado fruto, el hombre se había ido.

Lastimosamente fue un breve espejismo, despegué mi ojo de la puerta y, al darme vuelta, quedé horrorizado, aquel encapuchado estaba frente a mí. No dejaba ver su rostro, utilizaba una túnica que lo cubría de pies a cabeza, color azabache, con los filos desgastados y rotos. Intenté golpearle con el perchero, pero estaba en shock, incapaz de decir o hacer algo para defender mi vida.

—Has estado triste mucho tiempo —dijo el encapuchado, al contrario de lo que podía pensar, su voz era serena y transmitía un cierto estado de paz que no podía describir—. Yo quiero ayudarte.

—¿Qui... qui... quién es usted? —interpelé, aún atónito y confundido.

—La Parca, La Flaca, La Pelona, La Muerte... Existen infinidad de nombres para referirse a mí —sonrió—. Pero puedes llamarme... La Calaca.

—¿La Calaca? —Nuevamente cuestioné.

—Sí, es el que más gracia me da. ¿No lo crees?

—Tú no existes.

—Claro que existo.

—De... dem... demuéstralo.

—Podrías explicarme, ¿cómo entré a tu casa, si todo está con seguro? —Como era de esperarse, no supe que contestar a eso—. Mira, te conviene escucharme, que te parece si tomas asiento y charlamos un rato. —Con miedo, obedecí al extraño, todo era tan raro, que cabía la posibilidad de ser real.

—Te ofrecería una taza de café, pero es tu casa, supongo que tú deberías ofrecérmela —dijo. Preparé café, sin poder dejar de temblar, como si aquel extraño personaje me estuviera dominando. Serví un poco para él y otro poco para mí, y continuamos la conversación.

—Deja de temblar, no te voy a hacer nada, lo prometo —aseveró mientras daba pequeños sorbos al café—. ¡Caliente! —Sopló la taza para tratar de enfriar la bebida—. Vine a ofrecerte trabajo. No tendrás que preocuparte por comida, salud, vivienda. Viajarás todos los días, sin ataduras, libre como el viento.

—¡Qué absurda propuesta! —pensé en mi cabeza. De repente, todo era tan irreal que llegué a pensar que estaba inmerso en una alucinación producida por la tristeza. Como si eso pudiera ser real, ahora vagaba entre pensamientos tan tontos y absurdos, tratando de encontrar lógica en ellos—. No entiendo, ¿de qué está hablando?

—Verás, cada 1000 años, La Muerte, es decir, yo, debe ceder su manto... Han pasado 1000 años desde que me lo coloqué, ha llegado la hora de pasarlo a otra persona. Yo te elegí a ti. Tú serás quien porte el manto de la muerte por los próximos 1000 años. —El extraño hablaba con tal naturalidad, que hacía que sus palabras cobrasen veracidad.

—Usted está muy loco —bebí un sorbo de café, buscaba valor, en la bebida oscura, para seguir hablando—, por favor, váyase de mi casa.

—He estudiado tu vida, tu familia te abandonó cuando saliste con alguien de clase social baja, nunca más volvieron a hablarte, de eso hace ya casi 14 años. La mujer por la que tu familia te dio la espalda, también te abandonó, y tu querida hija, murió. Entonces, si un día faltas en este mundo, estoy totalmente seguro que nadie lo notará.

Las palabras más duras que me han dicho en toda mi vida. No obstante, ese ser tenía razón. Quedé en silencio, y toda la casa adoptó ese mutismo sepulcral, tan solo interrumpido por mi corazón, a punto de explotar; antes por el miedo, ahora mezclado por la ansiedad, la tristeza y el dolor.

El ser permanecía oculto tras la capucha, me era imposible observar sus gestos, pero en su voz se notaba seriedad. En ese momento bebió otro poco de café, fue entonces cuando pude ver sus manos, eran extremadamente delgadas, podía ver todos los huesos de los dedos, recubiertos de piel arrugada y translúcida.

—Imagina una vida sin tristeza, sin preocupaciones, sin recuerdos...

—Sé lo que hace la muerte —dije con un tono de mofa—, el trabajo que me ofrece, es convertirme en asesino.

—No necesariamente. Piensa en tu hija, ¿crees que era justo verla sufrir, llorar todos los días agobiada por el dolor? ¿No crees que ella descansó? ¿O acaso te gustaría verla agonizar, sufriendo por dolores terribles que solo calman con morfina, pero que la mantienen dopada, viviendo como zombi?

—¡No se meta con la memoria de mi hija! —Era evidente que La Muerte tenía razón. Sin embargo, había metido el dedo en la llaga, que todavía estaba supurante y abierta.

—Está bien, pero piensa que, al ser La Muerte, tienes ingreso al mundo de los muertos, podrías visitar a tu hija todos los días. —La muerte sabía por dónde convencerme, yo estaba cayendo en su trampa, en su discurso pomposo.

—Eso es imposible.

—No hay imposibles para La Muerte. —Terminó su café, se levantó de la silla y se marchó, no sin antes decir—: Piénsalo, mañana a esta misma hora volveré para conocer tu decisión.

Al cabo de algunos segundos estaba otra vez solo. Analicé todas las palabras que La Muerte me dijo, pero había una frase que se había enraizado en mi cabeza: "visitar a mi hija todos los días". Al final, esa fue la razón por la que acepté.

La noche siguiente, justo a la misma hora que el día anterior, tocaron a la puerta. La abrí y no había nadie. Sin embargo, alguien dejó una caja en el piso, negra, con filos dorados y un paisaje tenebroso dibujado en la parte superior: montañas borrascosas y árboles deshojados bajo una luna llena, todo en color dorado con acabados negros, como en degradé.

La levanté, no pesaba más de 2 kilos. Cerré la puerta. Llevé la caja justo a donde el día anterior compartí un café con La Muerte, ahí permanecían las tazas, tal y como se dejaron. Me sobresalté, un hombre cadavérico, de piel blanca, estaba sentado frente a mí; era calvo, arrugado como pasa, de nariz aguileña, y encorvado.

—¿Quién es usted? —pregunté asustado.

—¿Ya me olvidaste? Ayer compartimos un café.

—Sin el manto... es... es diferente.

—El manto ya no es mío, ahora es tuyo. Sólo firma el contrato y serás La Muerte por los próximos 1000 años. —Yo no estaba preparado para este compromiso. Además, sonaba tan ridículo, haber conseguido el trabajo de La Muerte.

—Yo no acepté ser la muerte —protesté.

—Piensa en tu hija, la mirarías cuando quisieras... Abre la caja —me dijo, y obedecí.

En su interior había un pergamino, junto a una pluma, al parecer pertenecía a un halcón, era negra y brillante. El pergamino estaba en blanco.

Debajo de él había otro pergamino, tenía escrito algo que no entendí y, al pie del documento, había dos espacios para firmar. Adicionalmente, un pedazo de tela color azabache.

—¿Qué es esto? —dije, mostrando con desdén los pergaminos.

—El pergamino en blanco es llamado el Pergamino de misión, ahí saldrá escrito el nombre de a quien le "llegó la hora". El segundo es tu contrato, que caducará en 1000 años y, finalmente, el manto de la muerte, él te dará los poderes más grandiosos que jamás has creído posible que existan. ¡Ah! Por supuesto, una pluma mágica, con tinta inagotable, para que taches a tu víctima una vez hecho el trabajo.

—Acabo de comprobar que esto es un sueño —aturdido, reté a la muerte—. Muéstrame sus poderes.

—Por desgracia, mis 1000 años de ser La Muerte han terminado —explicó aquel decrépito hombre, quien se notaba cansado—. Ahora solo soy Ateneo de Castilla, un simple herrero, sin nadie que lo recuerde, como tú.

—Yo no he decidido tomar su puesto.

—Con la túnica, serás rápido como una bala, incluso más, te moverás como el viento, de un lugar a otro —dijo la muerte, ignorando mi afirmación de no utilizar el manto—. Serás fuerte —continuó explicando—, tan fuerte, que podrás levantar 500 hombres subidos a un camión. Tu memoria y sentidos son un regalo aumentado hasta el 200 %.

Además, no comerás, no sentirás hambre, sed, ni calor, tampoco frío. A cambio de todo eso, solo tendrás que mantener el equilibrio entre vida y muerte... y olvidaba mencionar que tendrás tiempo de sobra para estar con tu hija.

No quería hacerlo, pero de todo lo que dijo Ateneo, lo que me instaba a firmar era ver a mi hija.

—Ponte la túnica, experimenta su poder y te animarás a firmar —sonrió—. Tendrás 6 horas para probarlo. Si lo usas más de ese tiempo, ya no podrás quitártelo.

Así lo hice. No perdía nada con probar el traje. Al principio fue fantástico, me movía entre rendijas, como el viento, podía entrar a cualquier lugar, no existían límites, y lo mejor era que nadie podía verme. También probé mi fuerza, no cargué un camión lleno de 500 hombres, pero sí levanté piedras enormes, camiones, incluso casas.

Podía permanecer en un refrigerador sin inmutarme, y meterme a calderas sin derramar ni una gota de sudor. Pero lo mejor de todo fue traspasar el reino de los muertos, miles de almas vagaban por un sendero oscuro y lleno de rocas. Ahí pude ver a mi pequeña, sus ojos marrones me miraban con alegría. Corrí hacia ella y la abracé; ella hizo lo mismo. Fue un abrazo eterno y lleno de amor, besé su mejilla, y desapareció.

Todo lo vivido fue tan real y efímero, que decidí firmar el contrato.

Me reuní en mi casa con el anciano, firmé, y él sonrió. De repente, el manto se adhirió a mí. Intenté quitármelo, pero fue imposible. Segundos después, el pergamino en blanco brilló, una luz roja intensa atravesó mi casa, lo tomé con mis manos y lo leí.

—¿Qué es esto? —pregunté.

—Tu primera misión —dijo Ateneo—. Cada vez que ese pergamino brille, será la persona o personas que debes llevar a la tierra de los muertos.

—Pero aquí dice Ateneo de Castilla.

—Exacto, ya llegó mi hora de descansar, después de mil años de transitar incontables caminos.

—No sé hacerlo.

—Con el tiempo aprenderás —sonrió—, sólo toca mi corazón y el dejará de latir.

Lleve mi índice derecho a su pecho, temblando, muy lentamente. Al cabo de algunos segundos, su corazón se detuvo y el viejo cayó muerto a mis pies. Después todo se oscureció.

Toda mi vida anterior se iba desvaneciendo, como si alguien estuviera borrando mis recuerdos en un computador, alguien apretaba el botón suprimir y ese recuerdo dejaba de existir en mi cabeza. Mi familia desapareció, Dayana se desvaneció. La tristeza que me había gobernado empezaba a marcharse y ya no sentía melancolía, miedo o ansiedad, todo había desaparecido. Finalmente, estaba frente a mi hija, la abracé y besé por última vez, en cuestión de segundos ella dejará de existir en mi vida.

Supongo que debí leer las letras pequeñas del contrato, pero ya era muy tarde. En algunos minutos seré definitivamente La Muerte, sin una vida anterior.

LOS ÁNGELES DE MI DESTINO

Dicen que, si mucho deseas algo, lo puedes conseguir, pero tal vez es mejor no desear algunas cosas. Mi historia no es fácil de explicar, mi nombre no importa, ni el lugar de donde vengo. Lo único que importa es que alguna vez en mi vida quise tanto algo, que logré conseguirlo, aunque quizás no fue de la manera que esperaba.

Hace muchos años, caminaba por la vida con el simple objetivo de respirar, sin querer nada más. Había perdido el sentido de vivir, las cosas que solían interesarme, de la noche a la mañana, dejaron de hacerlo.

Me convertí en un ser incapaz de sentir placer, de sentir amor. La riqueza no me apasionaba, y viajar me parecía algo tan banal. En el momento en que todo eso pasó, continuar viviendo se convirtió en una realidad infructuosa, un sinsentido.

A partir de entonces, morir era mi única prioridad. Seguro estarás pensando cómo puedo estar tan loco, y yo te responderé que, cuando no tienes nada por lo que vivir, el único acto de locura es seguir viviendo.

Traté muchas veces de terminar mi vida, lo intenté de mil maneras posibles, pero nunca lo conseguí. Sin embargo, jamás me di cuenta que alguien no quería verme muerto; a pesar que muchas veces parecía que no resistiría, siempre regresaba a la vida y seguía en este mundo.

Un día, mientras cenábamos, sin previo aviso, mi padre se desplomó de la silla. Inmediatamente acudimos a socorrerlo; inconsciente lo trasladamos al hospital. Los galenos lo llevaron a un gran cuarto blanco, a donde no podíamos ir. Minutos de tensión gobernaban la situación. Finalmente, un doctor de cabeza rapada y nariz aguileña, anunció la fatídica noticia. Mi padre había sufrido un infarto. Ese día, en horas de la tarde, había tenido un altercado con su jefe. Esa discusión acabó con su vida. Me dolió mucho, y no entendía por qué murió él y no yo.

Los meses posteriores a esa tragedia fueron despiadados, abatiendo al resto de la familia. Recuerdo bien cómo el año nuevo nos asoló con un fuerte vendaval, y llegaron las penurias económicas al reparar la casa. Fue muy difícil mantener nuestras finanzas a tope, los subsidios del gobierno eran un simple pañito de agua. Si queríamos remediar o apaciguar nuestra escasez, debíamos buscar empleos.

Mi madre continuó limpiando el colegio, yo encontré un trabajo de cajero en un centro comercial de la zona, y mi hermana menor consiguió ser domiciliaria; suerte que tenía la vieja moto que papá le obsequió hace tres navidades.

Un viernes en la noche, cuando las personas piden de manera exagerada, es el mejor momento para los domiciliarios. Ganan su sueldo más las propinas, son oportunidades que no se pueden dejar pasar.

Aquel viernes llovía a cántaros, y el piso estaba resbaloso. Mi hermana perdió el control de su vehículo, resbaló y cayó en el asfalto, estrellándose contra una roca que frenó su camino; su casco se desabrochó y su cabeza impactó en la roca. La muerte fue fulminante.

Perder a dos seres queridos así, de repente –un día compartiendo tu mesa, y al otro, inertes en un ataúd– destruye la moral de cualquiera. Son el tipo de emociones que la tristeza y depresión más adoran. Mi madre se dejó abrazar por la pena. Sus ganas de vivir se marcharon, y fue presa fácil para la muerte.

No hubo pretexto, no hubo motivo, una noche se tumbó en su cama, al otro día no volvió a abrir sus hermosos ojos. La radiografía de mi vida era devastadora, toda mi familia se había ido y quede total y absolutamente solo. Tirado frente al mar reflexioné que nunca quise que mi familia se fuera, simplemente quería irme yo. Era una bomba que me había explotado en la cara.

Por extraño que pareciera, un raro motivo me dio ganas de buscar respuestas, era como darle sentido a mi nefasta existencia. Agarré mi equipaje y la herencia de mi familia, acto seguido, me dediqué a buscar por todos lados la respuesta que me ayudase a descifrar el por qué, si yo quería estar muerto y lo había intentado muchas veces, los muertos eran mi familia, que nunca lo habían intentado. Viajé por el mundo buscando sabios, monjes tibetanos, budistas, ateos, católicos y cristianos que me pudieran dar la razón lógica de lo que pasaba. No obstante, nunca encontré esa respuesta. Derrotado nuevamente, y sin más caminos que tomar, decidí regresar a mi hogar, o más bien, mi casa, porque lo que alguna vez fue mi hogar, ya estaba carente de sus elementos.

Al llegar, un hombre esperaba sentado en el andén. En cuanto me vio se puso de pie; era alto, llevaba abundante cabello que llegaba a la parte central de su espalda, una barba espesa y larga adornaba su rostro. Tanto su cabello como su barba eran de un color blanco casi plateado, como el acero, brillaban radiantemente. Sus ojos eran azules, dotados de un raro poder penetrante y enigmático. Vestía con una túnica blanca y sandalias. Su sola presencia intimidaba, pero a la vez brindaba mucha paz y tranquilidad. No pude ignorarlo, pero pasé de largo, sin hacer contacto visual con él. Me dirigí a la puerta. Entonces, con voz fuerte y segura, el hombre dijo:

—¿Encontraste lo que fuiste a buscar? —Aquella pregunta, que salió de sus labios, me puso muy nervioso. ¿Cómo alguien que no conocía, sabía de mi viaje? Estaba seguro que nadie lo sabía. Al ver mi reacción, dijo:

—No tengas miedo —Después de una pausa, siguió hablando—, tomaremos un paseo. —Obedecí, caminé junto a él, no sé por qué, pero me sentía seguro a su lado. Finalmente expresó:

—Cuando creé este mundo, y en especial al hombre, le di la posibilidad de disfrutar de él, cada día, que aprovechara cada cosa, cada situación. Nunca les di una carga tan pesada que no pudieran cargar, y si no podían, les daba una ayudita.

Sin embargo, las personas optan por alejarse de mí y complican su vida. Hacen que su cruz se vuelva tan pesada como acero, y terminan derrotados. A ti te di una vida llena de grandeza, pero tú no viste eso y deseaste terminar con ella. Así que llamaste a un ángel negro a tu lado, el ángel de la muerte; pero desde que naciste tienes un ángel guardián contigo.

Él siempre peleó con el ángel negro que quería matarte. Entonces, tu ángel blanco se volvió muy fuerte. El ángel negro fue vencido una y otra vez. Por esta razón decidió atacar a tus alrededores, venciendo ángeles más débiles que nunca habían tenido batallas que los fortalecieran.

De esa forma se llevó a tu familia. No aprovechaste tu maravillosa vida, ahora estás solo, con un ángel negro a tu izquierda y un ángel blanco a tu derecha—. Después de estas palabras, agregó—: Pero no te preocupes, yo te bendeciré por siempre. Empieza de nuevo, amigo.

Al cabo de unos minutos caminaba solo. Me sentía triste, pero también tranquilo, entendía por qué mi familia no estaba y por qué me culpaba por esto.

Entonces ahora, muchos años después, camino con ambos ángeles a mis costados. Voy por el mundo dando descanso a los moribundos y desahuciados, esperando un día darme descanso a mí mismo, que muchas veces quise estar muerto, y ahora lo estoy. Sí, es verdad, logré morir en vida.

EL CORAZÓN DE PIEDRA

Colinas del Cielo es, quizás, la creación más bella que un día hizo Dios sobre la tierra. Sus calles empedradas le daban ese toque de pequeña ciudad en desarrollo, la adornaban casas de colores vivos y alegres, estaba rodeada por árboles verdes y frondosos, en cuyas copas el sol caía como lluvia dorada, iluminando cada rincón.

Ese sol dorado calentaba el agua del río que circulaba bordeando el lugar, irradiando paz y esperanza a todos sus habitantes. Tal vez, esa paz se desplegaba como una brisa de aire, imperceptible a los ojos, pero capaz de penetrar el corazón de cada habitante. Era como un mágico conjuro, recorriendo los cuerpos de las almas que habitaban las hermosas Colinas del Cielo. Sin embargo, el mal es como un virus, se propaga e infecta cuerpos de personas que, probablemente, no tienen defensas suficientes en sus almas para combatir esa enfermedad, y se convierten en espeluznantes siervos de su maldad.

Afortunadamente, ese mal siempre tendrá personas que lo enfrenten.

Como dirían por ahí, el mundo necesita equilibrio, de lo contrario, ¿qué sería la vida? Para que se mantenga, deben existir esos precursores del equilibrio, precursores del bien; aquellos que lucharán, contra viento y marea, a favor de sostener la armonía universal.

Seguramente esa es la razón por la cual, en Colinas del Cielo, existía un hombre fuerte y valeroso, capaz de oponerse al mal que surgía en los corazones de terribles verdugos y villanos. Su nombre era Arjen, y asumió la responsabilidad de asegurar que el equilibrio nunca se rompiera, día tras día, desde que el sol salía hasta que se ocultaba con el ocaso. Luchaba con feroces rufianes que perturbaban la paz, incluso, derrotó a dragones que se comían las cosechas de los agricultores. Tal era su fama, que en toda la villa lo respetaban y amaban.

Su reputación inimaginable permitió que un día fuera premiado con la más bella de las mujeres que caminaban en el mundo; tenía unos ojos tan azules como el cielo mismo, penetrantes y grandes, capaces de iluminar cualquier alma. Era poseedora de una sonrisa angelical, que brotaba, como flor, de unos hermosos labios, finos y rojos; tenía el rostro delgado, pálido y perfectamente delineado.

Una hermosa cabellera, rubia y ondulada, caía por su rostro hasta sus hombros. Ella era, para Arjen, un camino al cielo, derecho y sin escalas.

Desafortunadamente la vida no siempre es color de rosa, no siempre es como la planeas; un día todo te sonríe, y al otro, todo pareciera darte la espalda. Puedes estar en la cima rodeado de riquezas y, de pronto, perderlo todo, quedar en la ruina más infinita. Arjen, quien nunca había sido derrotado en batalla, aquel día conocería que la vida no siempre es como te la pintan; que a veces nos toca sufrir y tocar fondo, por caprichos del destino o, tal vez, para aprender algo.

Todo, en Colinas del Cielo, era plácido, ningún problema se vislumbraba cerca; años y años combatiendo el mal, que el mismo mal optaba por no perturbar la sangre guerrera de Arjen.

Así que decidió regresar a su hogar. Solía decir mi madre que, cuando las cosas están por suceder, todo el universo conspirará para que así sea; y después de esto, no quedará duda de que el universo funciona de ese modo. Nadie podía prepararlo para la desgracia que lo aguardaba en casa.

Amarró su caballo en la entrada, le sirvió un poco de agua y le dio comida. A pesar de su tamaño descomunal, podía vanagloriarse de ser bastante ágil y sigiloso, pisaba suave y se movía como el viento. ¿Quién imaginaría que ya estaba en casa, sabiendo que siempre llegaba al caer el sol? Abrió la puerta con la misma cautela con la cual llegó.

Quería dar una sorpresa, aunque al final del día, sería él el sorprendido.

La tranquilidad que dibujaba su rostro terminó al entrar en su habitación y ver a su amada en brazos de otro hombre. Estaban besándose, era un beso lleno de pasión y placer. Su rostro enrojeció como fuego, apretó con fuerza sus puños y gritó desesperado, gruñendo como dragón herido, sin poder modular palabra. Estaba totalmente inmóvil, sintiendo recorrer en su cuerpo una furia que nunca había sentido antes; la sangre le hervía como magma a punto de emerger de su interior.

Cuando los amantes reaccionaron, también se quedaron petrificados ante el iracundo Arjen, quien solo pudo desenvainar su espada y lanzarse hacia la mujer y el hombre que habían herido su corazón. Sin embargo, no fue capaz de atravesar con el filo de su espada a esa mujer que amaba tanto. Miró al hombre por el cual lo habían cambiado; un hombre negro, fornido, pero mucho más pequeño que él. Después miró a su mujer con lágrimas. Su mirada trataba de indagar en ella, le preguntaba por qué lo hizo.

Guardó su espada y salió corriendo, abandonó su hogar tan rápido como su alma se lo pedía, no miró atrás. Las lágrimas seguían saliendo, bañando su rostro. Estaba enloqueciendo y no lograba contener su furia. Tampoco encontraba un lugar o alguien con quien pudiera desahogarse; a pesar de su carisma, era un hombre solitario y con pocos amigos.

Así corrió y corrió, tan lejos como sus pies se lo permitieron. Fue así como llegó a una cueva al final del reino.

Era profunda y oscura. Recordó que solía ir allí a llorar cuando era niño. Inconscientemente, sus zancadas lo llevaron hasta ese lugar.

Arjen se adentró en la cueva, lo recordaba como un lugar más grande cuando era niño, no obstante, llegó hasta lo más profundo. Desafortunadamente, el lugar no tenía el mismo efecto en él que tenía durante su infancia. No podía contener su tristeza, nunca antes lo habían herido de esa manera.

En su pecho sentía una opresión y un dolor intenso y constante. Únicamente quería pararlo, que se fuera, que no esté más ahí; para su mala fortuna, no sabía cómo hacerlo. Entonces tomó la decisión más drástica y extrema que se le ocurrió. Desenvainó su espada y abrió su pecho, gritando de dolor, pero con la certeza de no sentir más esa sensación, arrancó su corazón, con ambas manos, con toda la ira que lo invadía.

Todo cambió en ese instante, Arjen no volvió a ser el mismo de antes. Salió de la cueva sintiendo que el dolor, de haber sido traicionado por la mujer que amaba, desaparecía poco a poco, como la vela que consume una llama. Herido, fue socorrido por los aldeanos del reino. Ellos lo ayudaron a sanar su herida, pero su espíritu se perdió. Parecía una máquina, cumplía su labor como robot, no sentía bondad, amor, empatía, respeto o dolor alguno.

La bella mujer que lo había traicionado, intentó recuperarlo, pero Arjen ya no existía, ahora solo era un guerrero sin corazón.

Con el paso del tiempo el corazón, abandonado en la cueva, se llenó de tierra y olvido. Se convirtió en piedra, duro y frío. Arjen murió sin lamentos en su alma, sin embargo, su corazón hizo perdurar esos lamentos, que se escuchaban en la cueva. Nadie fue capaz de penetrar la cueva nunca más, porque los quejidos y gritos, que de ahí provenían, helaban la sangre de cualquiera.

La llamaron la Cueva Maldita, aunque en realidad no lo era; solo guardaba un corazón lleno de amor y bondad que fue lastimado, y nunca pudo ser sanado. Por la inclemencia del tiempo, que no perdona, se petrificó, incapaz de dar amor o bondad, de lo que en algún tiempo estuvo repleto, como cualquier otro corazón.

EL DÍA QUE LA MUERTE

DESCANSÓ

En cierta ocasión la muerte, cansada de la vida que el destino le impuso vivir, decidió que se daría un descanso; tomaría un día para ella, sin preocuparse por hacer su trabajo. Desde hace mucho tiempo, en ella crecía un sentimiento de envidia, que surgía desde lo más profundo de su alma. Sentía envidia de los hombres, por reír, soñar, enamorarse; en fin, por sentir mil emociones que ella desconocía. Pero, lo que más le molestaba era saber que ellos eran libres, capaces de escribir su destino, a diferencia de ella, que solo vivía para matar, sin poder decidir no hacerlo y vivir de otra manera. Además, estaba agotada, vagaba por todos los rincones de la tierra día tras día, sin darse un respiro.

Durante meses, e incluso años, la muerte solo pensaba en una cosa, tomar vacaciones. Luego de meditarlo miles de veces, decidió descansar.

Colgó su túnica, su capuchón, y guardó su guadaña. Después tomó forma humana para poder mezclarse entre los hombres; por último, se vistió con prendas que había robado anteriormente.

Había pasado siglos estudiando el comportamiento humano, sabía, a la perfección o, mejor dicho, creía saber a la perfección, cuál sería su apariencia para ser aceptada. Adoptó la forma de una chica hermosa, alta, delgada, de piel blanca y fina como porcelana. Tenía el cabello liso, largo y negro.

Además, adornó su rostro con labios delgados y provocativos, ojos redondos, de color miel intenso. La ropa que había robado hacía juego con su encanto, vestía una blusa azul celeste, sin mangas y un gran escote, la cual combinaba con su falda negra por encima de las rodillas. Sin duda alguna, su forma humana era realmente hermosa y atractiva.

Ahora estaba lista para disfrutar de una vida normal, aunque solo fuera por un día. Su primer destino iba a ser el mar, aquella acumulación de agua azul que generaba tanta alegría en las personas.

Recordaba que allí muchas personas murieron por su mano, sin embargo, esta vez su presencia solo era para recrearse, nadie se ahogaría.

El día no podía estar más espléndido para su visita, el sol brillaba en lo alto, rodeado de un cielo azul y despejado.

Avanzó entre la multitud, la arena se metía entre sus sandalias, cálida y rasposa, a cualquier persona eso le hubiera disgustado, pero a la muerte no, sus sentidos disfrutaban cada sensación humana que nunca había experimentado.

Rodeada de arena, mar, sol y personas, seguía la prueba más difícil, encontrar alguien con quien pudiera hablar, hacer –lo que los mortales llaman– amigos. A pesar de lo juvenil que pudiera parecer su rostro, la muerte había vivido más de mil años, tenía conocimiento de cuanto tema le pudieran sugerir. No obstante, comenzaba a sentir sentimientos, tan humanos y desconocidos para ella. El miedo estaba gobernando su motricidad, sus pensamientos, su elocuencia; su corazón, tan frío, comenzaba a acelerar su ritmo, lo sentía palpitar tan fuerte, que tuvo que colocar su mano en el pecho para cerciorarse de que no se saliera. ¿Acaso eso era estar al borde de un colapso nervioso? La muerte quiso correr y, sorpresa, sus piernas no respondieron. Una gota de sudor frío comenzó a descender por su espalda, su respiración se puso pesada y sus manos se llenaron de sudor.

Afortunadamente para ella, su apariencia le ahorró mucho trabajo. En las playas abundan los solteros en busca de un amor de verano. Tal como la muerte lo había pensado, su apariencia atrajo tantas miradas y pretendientes, que su menor preocupación iba a ser conocer gente. La muerte se dio cuenta que, entablar relaciones, es un comportamiento natural del ser humano.

En menos de 30 minutos ya había hecho un pequeño grupo de amigos, lo suficiente para ser tan humana como pretendía.

También constató que las pláticas adolescentes pueden llegar a ser muy someras y vacías. Encajar fue tarea sencilla, ella únicamente tenía que escuchar charlas de hombres que solo querían llevarla a la cama, y mujeres que solo les importaba las fiestas y los chicos.

Para la muerte todo era nuevo e innovador. Se estaba divirtiendo, eso era lo único que la llenaba por dentro. Cada sensación era única, sus sentidos se activaban con cada olor, sabor, con la brisa acariciando su rostro, con el mar mojando sus pies, con el sol masajeando sus hombros, incluso, sentir el roce de otra persona, descontrolaba sus sentidos.

La muerte estaba disfrutando de aquel hermoso, tranquilo y magnífico lugar. Conoció mucha gente e hizo varios amigos, todos con la idea de divertirse.

Un grupo la llevó a volar en parapente. En las alturas se sintió demasiado libre, el aire tocaba su cuerpo a gran velocidad, ella llenaba sus pulmones de aire y gritaba, liberando tantos años de ser esclava de los designios del destino.

Después fue con un grupo a escalar una montaña, actividades que nunca había hecho, pero que la llenaban, paradójicamente, de eso que los hombres llamaban vida.

En su travesía por conocer la vida, conoció a muchos hombres, seguramente todos interesados en una sola cosa, pero hubo uno que llamó su atención más que otros.

Era un hombre alto, arrogante, pero muy atento y caballeroso con ella; eso lograba cautivarla, la embriagaba de deseo. Con él, fue al cine, la película era lo de menos, la compañía era lo más importante. La muerte realizó un gran número de actividades con las que los humanos se divertían. Estaba extasiada y feliz. Olvidarse de quién era, la liberó de sus cadenas, la volvía una persona libre, como las demás.

Así, el día se fue marchando, la mañana quedó atrás y la tarde estaba dando paso a la noche. Ella ya había sido seducida y sabía con quién terminaría su día de libertad.

Aquel hombre, que parecía sabía tratar a una mujer, la llevó a cenar al restaurante más lujoso de la ciudad. Por primera vez en su vida, la muerte supo lo que era comer, un placer más en su maratónico día. La noche se redondeó cuando fueron a bailar a una discoteca. Nunca había entendido cómo abrazar a alguien y dar vueltas era tan placentero para los hombres, sin embargo, ahí supo por qué.

Al terminar la noche sus cuerpos y almas se unieron. Ella lo amó y él la amó, entregando lo mejor de cada uno, o ella, al menos, así lo hizo. Fue un momento inolvidable para la muerte, todo su cuerpo vibraba en sintonía con el mismísimo universo.

Sabía que nunca volvería a sentir todo lo que sintió aquel día y aquella noche.

A la mañana siguiente percibió, con algo de desconcierto cómo era aclamada y odiada a la vez, cómo era maldecida por llevarse a seres queridos; otros, en contraste, le rogaban que se los llevase mientras agonizaban hundidos en el dolor, cansados de vivir; también estaban los que no querían vivir más, porque según ellos, tenían muchos problemas sin solución. Muchos le temían, y había los que sabían que tarde o temprano morirían, y la aceptaban como parte de la vida.

La muerte contempló por última vez a su hombre, sabía que su destino no estaba junto a él y, aunque le doliera en el alma, debía dejarlo. Por una extraña razón le dolía su corazón, tenía un nudo en la garganta que no la dejaba respirar. ¿Acaso esto era el amor? Ese extraño sentimiento que nunca había sentido, pero por el cual muchos habían muerto a manos de ella. Ahora comprendía la complejidad de los sentimientos humanos, pero marchar era su única elección. La muerte secó una lágrima que caía por su mejilla y se marchó. Pronto las personas que conoció la olvidarían, y ella seguiría vagando en la tierra llevándose a los que les llegó su hora, esperando algún día librarse de su yugo, disfrutando finalmente una vida normal como cualquier mortal.

DOCTOR SANADOR

Cómo adoro acelerar mi Ferrari, correr tan rápido, que el viento solo alcanza a acariciarme. Rebaso pequeños carros de personas normales, las cuales me miran pasar y envidian mi fortuna.

Esa fortuna que no nació siendo un médico con una excelente especialización; tampoco soy un gran empresario, ni siquiera un futbolista que juega en algún club europeo. Te sorprendería saber que no culminé mis estudios, a duras penas aprendí a escribir y leer.

Pues te contaré de dónde viene mi fortuna. ¿Recuerdas qué te conté que no soy médico?

Sin embargo, mi forma de ganarme la vida, tiene algo que ver con sanar, por eso me llamo el Doctor Sanador. Pero mis habilidades sanadoras no vienen de modos convencionales. Ni siquiera empleo tratamientos largos y extenuantes, tan solo basta que tu billetera esté llena y cualquier padecimiento desaparecerá.

Para ponerte en contexto comenzaré por el principio. Nací en un barrio marginado de mi ciudad, vivía con un padre ebrio, un medio hermano vicioso y mi pobre madre, una mujer golpeada y ultrajada por mi malnacido padre. Constantemente tenía que tolerar eventos de violencia intrafamiliar descarnada que nos dejaban, a mi madre y a mí, destrozados física y mentalmente. Ignoro cuántas veces curé sus heridas, mientras llorábamos sin consuelo, dándonos apoyo mutuamente.   En el barrio existía un curandero, le llamaban Juan Salvador, ni siquiera sabía si se llamaba Juan o era solo un apodo. Lo importante era que, al huir de mi casa, encontraba refugio en su consultorio. Miraba cómo él curaba personas mágicamente, sí, mágicamente. Muchos años pasé con él, viendo cómo salvaba vidas, extrayendo los males que aquejaban a sus pacientes. Asombrado, observaba cómo, literalmente, sanaba personas.

Juan Salvador me enseñó su arte. Era haitiano. Había aprendido mucho vudú y magia negra. Había logrado capturar, en una pequeña roca, el espíritu de algunos demonios vudús, gracias a eso lograba robar la enfermedad de las personas, el único efecto adverso era que las enfermedades se aglomeraban en él.

Con el paso de los años lo fueron consumiendo, poco a poco. Finalmente, Juan no soportó tener por todo su cuerpo cáncer, sida, fibrosis pulmonar, diabetes, hipertensión arterial, entre otras entidades nosológicas.

Juan murió y todo su legado quedó para mí. Él, a medida que sentía su fin, me fue entrenando para seguir su legado. Cuando falleció encontré todos sus libros y logré dominar la magia que utilizaba.

Durante meses me debatí entre curar y no curar. Había una diferencia abismal entre Juan y yo, y esta era que yo no tenía bondad en mi corazón, a mí no me interesaba salvar a nadie, me daba igual si morían. La señal que me inspiró a curar llegó una mañana. Mi padre pidió mi ayuda, él había sido diagnosticado con cáncer de pulmón y ya estaba en fase terminal. Se podría decir que era el premio de un desgraciado. En el barrio, Juan era muy famoso, mi padre llegó hasta él pensando que aún vivía, pero se encontró conmigo. Le dije que Juan Salvador había muerto, pero que yo podía ayudarlo, únicamente pedí como condición que asistiera con mi medio hermano, porque él iba a quedar débil e iba a necesitar quien lo llevase a casa. Obviamente, era una mentira, debido a que las personas sanaban de inmediato. Pero yo estudié cada anotación y libro de Juan. Les dije que él era bueno, pero yo no, por mi sangre corría odio y, gracias a lo aprendido, elaboré mi gran venganza.

Mi padre asistió puntual junto a mi medio hermano. ¿Cómo pudiste ser tan tonto padre? Tomé la roca de Juan entre mis manos, y concentré toda mi energía en ella. Deseé con todas mis fuerzas extraer el mal de mi padre, coloqué la roca en su pecho, la enterré con fuerza.

Después siguió lo que siempre sucedía. Mi padre comenzó a gritar, como si le desprendieran una parte del cuerpo. Debo decir que verlo llorar y retorcerse de dolor, fue muy placentero para mí. Hasta ahí todo fue como siempre pasaba, pero recuerden que les dije que yo no era bondadoso como Juan. Él prefería sacrificarse y almacenar en su cuerpo todas las enfermedades de sus pacientes. Yo no soy tan tonto. Deposité aquel cáncer metastásico en mi medio hermano. Mi padre estaba libre de enfermedad, pero su hijo favorito se estaba muriendo.

Eso solo fue la primera fase de mi plan. Obligué a mi padre a que me diera cinco mil dólares para curar a su hijo. Recuerdo cómo me suplicó que lo ayudara, que solo tenía tres mil dólares. Le ordené que buscara el resto, y que me dejara los tres mil. ¡Qué satisfactorio fue hacer sufrir a mi padre! Había hecho sufrir a mi madre y a mí por años, y esa era mi venganza sobre ese infeliz.

Me llevé a mi madre lejos de ahí. Con los tres mil dólares podíamos empezar una nueva vida. Nos instalamos en otra ciudad. Desafortunadamente mi madre no pudo dejar su vida atrás, tan fácil como yo lo hice. Una mañana llegué a casa y ella se había suicidado. Esa fue la señal para hacer mi vida y salir adelante. No obstante, soy una persona visionaria e inteligente. Debo confesar, con vergüenza, que esa cualidad la heredé de mi padre.

Era fácil mirar los diarios y saber qué celebridades sufrían crueles enfermedades. Por medio de correos o mensajes a sus redes sociales, les enviaba ofertas de salvación. Recibí miles de bloqueos y silencios antes de que un reconocido cantante me contactara. El sida es una penosa enfermedad, él pagaba el doble por mi discreción. Así mi reputación creció, y millones llegaban a mis arcas a cambio de gente sin enfermedad.

Así he hecho mi fortuna. Celebridades, empresarios y gobernantes, son capaces de pagar lo que sea a cambio de estar sanos y vivir por siempre. De alguna manera es un trabajo honesto. Por cierto, y si te lo preguntas, yo no almaceno en mi cuerpo tantas enfermedades. El mundo está lleno de indigentes, habitantes de la calle que nadie extrañará. Yo simplemente los sedo, descargo las enfermedades en ellos, las peores enfermedades del mundo se encargan de darles un final digno, bueno, la mayoría de las veces.

EL ARRANCACORAZONES

Acto 1.

Vivimos en una pequeña finca, a muchos kilómetros alejados del bullicio de la ciudad. Vivimos en paz y armonía, rodeados del silencio tranquilizador del campo. Desafortunadamente, las cosas han cambiado. Las ciudades están cada vez más inhabitables, y las medidas que han tomado las administraciones públicas, para combatir la inseguridad, han trasladado la inseguridad a lugares alejados, como mi hogar. Cada noche los ladrones se llevan animales y cosechas, pero lo peor del caso es que no podemos andar por fuera de nuestras viviendas, hasta después de las siete de la noche, o seguramente lo lamentaremos. Han envenenado a mis perros y nos tienen doblegados, temerosos e incapaces de hacer algo. Las políticas adoptadas para combatir la delincuencia, sin lugar a dudas, son deficientes.

Mi padre, desesperado e impotente, trató de defender a su familia.

Consiguió una escopeta, pero como se dice, literalmente, el tiro le salió por la culata. Fue golpeado y atado en un palo, simulando un espantapájaros.

Nosotros fuimos incapaces de ayudarlo, porque los delincuentes nos ataron en nuestra propia casa y, para añadir a la perversión de la humanidad, nos golpearon, lastimaron y, encima de todo, nos robaron objetos valiosos, computadores, televisores, equipos de sonido, etcétera.

Vi como ultrajaron a mi padre, a mi madre y a mi hermana. Vi como quemaron nuestras cosechas y degollaron nuestro ganado.

Mi hermana y mi madre pasaron varios días hospitalizadas, recibiendo atención médica y psicológica. Yo fui dado de alta al otro día de lo sucedido, pues mis lesiones no eran graves. Mi padre se llevó la peor parte, tuvo múltiples fracturas en sus costillas y brazos, hemorragias internas, y una arteria se reventó en su cabeza; todo lo anterior lo llevó finalmente a la muerte.

Yo estaba abatido, adolorido, deshecho. En mi cabeza solo crecía un sentimiento, uno que siempre es común tener cuando suceden cosas así, estaba sediento de venganza.

No me importaba cuántos hombres fueran ni lo peligrosos que pudieran ser, tan solo quería hacerlos sufrir hasta que murieran.

El problema de todo esto, es que puedes desear vengarte con todas tus fuerzas, pero pasar del deseo al hecho es muy difícil, es un largo camino a transitar; una vez que lo pases, tal vez no encuentres retorno y tu alma se pierda.

Acto 2.

Mi difunto abuelo, amante del esoterismo y las artes místicas, solía decir: "existen muchos espíritus malignos, quienes solo buscan un cascarón donde puedan habitar y ser terriblemente malos".

Nunca entendí esa frase, hasta ese día, cuando rebuscando en sus viejas cosas, encontré una hoja de papel, gastada y amarillenta. En ella hablaba de crear recipientes para espíritus, que harán lo que les ordenes.

La idea se incrustó en mi cabeza y, a pesar de que en la hoja no estaban consignados muchos detalles, existía el internet. Ya sabes cómo funciona esto, escribes en el buscador una palabra clave, obtienes información; cada vez que especificas la búsqueda, te acercas a lo que quieres. Si eres paciente y un buen investigador, encontrarás lo que estás buscando.

El ritual que encontré era fácil de ejecutar. Primero había que escoger ropa; no importaba si fuera usada o nueva, y la talla dependía de que tan grande quisieras tu monstruo. El siguiente paso consistía en rellenar la ropa de aserrín o paja; colocarle una máscara, guantes y zapatos; también rellenarlos.

Había que ponerle el corazón de algún animal, yo escogí el de mi perro, la última víctima de estos malditos. Por último, el ritual demandaba una donación de sangre, preferiblemente propia. Lo puse en el palo donde fue puesto mi padre. Recordé la aterradora escena y, si a mí me dio miedo, ese miedo lo iba a trasmitir a esos delincuentes.

Recité la frase que cerraba el ritual. Esa frase llamaba a un espíritu a tomar posesión del muñeco. Al principio no aconteció nada. Me aseguré de hacer el ritual al pie de la letra, paso por paso, como lo recomendaba el internet y la nota de mi abuelo. No obstante, nada pasaba; yo me sentía cada vez más idiota, por querer creer en una fantasía para niños.

Un fuerte aguacero cayó sobre mi casa, las gotas chocaban con gran fuerza contra el cristal; temí que pronto los vidrios se hicieran añicos. Antes de dormir recité la oración final del ritual, nuevamente, y un rayo se estrelló contra el espantapájaros.

Al principio no sucedió nada, pero luego pude ver cómo el espantapájaros regresó su mirada hacia mí. Pensé que no pudo haber tomado una máscara más aterradora, era blanca; su nariz era perfilada, y en sus cuencas oculares había dos círculos negros, su boca permanecía en una inquietante risa macabra. Levantó su brazo derecho y un gran cuervo se posó en él; después desapareció.

Me fui a dormir muy asustado.

Quería creer que todo había sido una pesadilla y, cuando estaba convenciéndome que no era real, alguien entró en mi cuarto. La puerta se abrió y cerró lentamente, me cubrí con la cobija de pies a cabeza.

Sentí que alguien me olfateaba, como cuando un perro busca narcóticos en las maletas de los viajeros en los aeropuertos; luego unas manos rozaron las cobijas, pasaron muy cerca de mí. Al cabo de unos minutos esa sensación desapareció.

Luché por tranquilizarme y retiré la cobija de mi cabeza, para poder ver lo que sucedía. Mis ojos tardaron algunos segundos en acostumbrarse a la oscuridad; cuando finalmente lo hicieron, no vi nada.

Me senté en la cama y no había nadie enfrente, sin embargo, una respiración gélida estaba en mi oído derecho, regresé la vista y me encontré con un rostro blanco, que me miraba sin verme, y sonreía con esa inquietante sonrisa estática. Le arrojé la cobija encima y salí corriendo a refugiarme en el sótano. Ahí pasé la noche.

Al día siguiente, con la compañía de un imponente sol, recorrí la casa y el espantapájaros estaba colgado en el palo. No obstante, cuando decidí asegurarme que había sido un sueño, encontré un mensaje en mi habitación, escrito con algo rojo: "saciaré tu sed de venganza y tú saciarás mi sed de sangre".

Me bastó escuchar venganza para que lo demás se me olvidase.

Acto 3.

La noche de ese mismo día, vi al espantapájaros cobrar vida. Igual a la noche anterior, desapareció de mi vista. En la madrugada entró en mi habitación. Esta vez lo hizo de manera abrupta. La puerta se abrió de par en par y, del golpe, me desperté sobresaltado. Me senté en la cama y el monstruo estaba de frente a mis temerosos ojos.

Su rostro pálido estaba salpicado de sangre. Agarró mi rostro con sus manos, las sentí frías y rasposas; y su sonrisa estática parecía más grande que la última vez que lo vi. Finalmente, me vi en sus ojos, en esa oscuridad me perdí.

Como imágenes de una película vi a un criminal, era el que me había golpeado y atado. Estaba asustado, miraba a todos lados y apuntaba con un revólver en dirección a la nada. Con el rabillo del ojo observa una figura negra acercándose, se desplazó levitando hacia a él, luego él regresa a verlo apuntando con el revólver, y ese ser desaparece. El hombre trata de tranquilizarse y baja el arma. Es ahí cuando está más indefenso, que el monstruo lo abraza, inmovilizándolo completamente, y con su mano derecha saca su corazón. Veo por primera vez la boca del espantapájaros moverse, devora el corazón del hombre como si fuera un trozo de carne recién asada. Después todo se torna oscuro y las imágenes se desvanecen como humo.

Una nueva escena se materializa ante mí: veo un nuevo criminal, carga en su mano derecha una pistola y corre despavorido hacia el bosque. Se cansa de correr y se refugia detrás del tronco de un árbol. Respira rápidamente, sosteniendo la pistola con ambas manos. Cuando parece que el peligro pasa y él comienza a bajar la guardia, escucha ruidos provenir de la copa del árbol. Se encuentra con aquel rostro descolorido, que desciende lentamente por el tronco, como una araña rumbo a su presa atrapada en su red. El hombre, en su intento por sobrevivir, levanta la pistola e intenta disparar; fue demasiado tarde, porque ese ser ya estaba frente a él arrancando su corazón.

Después, tras la oscuridad, se emite una nueva imagen: dos hermanos huyen en una moto, no les importan las curvas cerradas ni el pavimento resbaloso por la llovizna que caía, solo les interesaba huir lo más lejos posible de donde se encontraban. Debieron saber que escapar de esa cosa era imposible. Apareció como una visión ante ellos.

Quien venía al frente, perdió el control del vehículo estrellándose contra un árbol. Los dos lucían mal heridos después de la colisión. Uno quería moverse y escapar, el otro estaba paralizado, era difícil saber si por el golpe o por el miedo. Aquel que podía moverse vio, con terror, cómo ese ser le arrancaba el corazón a su hermano y se lo comía. Luego sintió al mismo ser subiéndose encima de su cuerpo. Observó cómo arrancó su reja costal y procedió a devorar su corazón.

Estaba aterrado con lo que había visto. Tal vez, cuando pensé en venganza, no pensé en todo este horror. El ser soltó mi rostro y se desplazó a la ventana, no caminaba, levitaba y, al hacerlo, emitía un sonido de viento pasando por una rendija. Llegó a la ventana y me señaló algo con su dedo. Lentamente me acerqué hasta ahí.

Lo que vi, hasta ahora no lo puedo borrar de mi mente. Recuerdo que grité tan fuerte, que sentí mis cuerdas vocales reventarse. Justo donde señalaba el espantapájaros, el líder de la pandilla estaba empalado, atravesado, por donde su corazón solía estar, por el mismo palo que había utilizado para matar a mi padre; además, un par de cuervos se comían su rostro.

La policía me detuvo, pero la falta de pruebas en mi contra me exoneró; aunque debo decir que ese monstruo, no me ha exonerado de alimentarlo. Hice todo esto por venganza, por lo que le hicieron a mi padre y mi familia. Pero ahora, si no lo alimento, él me matará. Lo he alimentado de vagabundos hasta la fecha, pero ya no quiero hacerlo más, he asesinado a tantos inocentes que me maldigo a mí mismo por haber liberado a esa bestia. ¡He llegado al límite! Tomo un cuchillo, estoy decidido a hacerlo; voy a arrancarme el corazón. Se lo dejaré en bandeja de plata, para que se lo coma y que él consiga otro idiota como yo, que sea capaz de alimentarlo.

LA DAMA DE CRISTAL

Despierto, un día más, he tenido el mismo sueño desde hace tres semanas. Estoy en un bosque frondoso y verde, corro entre las hojas secas disfrutando el crack que se escucha al pisarlas. De repente, y sin previo aviso, está ella mirándome. Su rostro es inescrutable, sereno y frío a la vez; me mira fijamente y siento miedo. Sonríe y el hermoso paisaje se marchita, deja de ser un campo placentero, ahora es un desierto árido. La mujer me persigue.

A pesar de ser hermosa me da mucho miedo, corro despavorido, tropiezo y caigo. Me golpeo la cabeza y siento un gran ardor, siento agua caer por mi frente, parece sudor, pero sé que es sangre. Me incorporo nuevamente, pero ya no puedo más y caigo por segunda vez. Esta vez no me levanto, y mi conocimiento se va desvaneciendo. La mujer me alcanza, estoy perdido. Luego encaja sus fuertes dientes en mi cuello, el dolor es tan intenso que grito a todo pulmón.

Segundos después, estoy sentado en mi cama, cubierto de sudor, con la respiración agitada, muy asustado, deseando no volver a dormir jamás.

Al principio, pensé que era un estúpido sueño, por ver una película de terror o algo así, pero con el tiempo se hizo más seguido, y llegué a pensar que estaba loco. Estoy perdiendo la razón. Por más que recuerdo, nunca he visto una mujer como la de mis sueños, empezando por sus ojos rojos.

¿Cuántas mujeres conoces que tengan ojos rojos? Es absurdo, por eso no he comentado con nadie mi sueño. Segundo, es una mujer bellísima, escultural y voluptuosa; vestida de negro. ¿Cuántas mujeres bonitas persiguen hombres como yo?

Soy feo, con frenos, y del común, nada sobresaliente en mí. Sin embargo, hay algo que me deja pensando mucho. Es una mujer extremadamente blanca, es casi como papel; en su mirada no hay vida, parece un cadáver andante. Al momento de morderme me alcanza, agarra fuertemente con sus manos, y puedo sentirlas frías como hielo. Definitivamente, en mi sueño soy perseguido por una vampiresa. Ahora que lo medito, es la única razón para que una mujer bonita quiera tenerme cerca; para succionar toda mi sangre, dejarme anémico, desangrarme hasta causarme la muerte.

Durante mi jornada laboral, en la oficina, logro tranquilizarme. Sé que los vampiros no existen.

Puedo seguir con mi labor, sin miedo, hasta que llegue la noche y, con ella, la doncella que me busca para beber mi sangre. El sueño se repite. Despierto asustado, me repito mil veces que los vampiros no existen.

En el día cotidiano, mi labor me hace olvidar. Nuevamente la noche, y así sucede todos los días. La diferencia es que ahora me he acostumbrado, pero debo decir que no es normal, y escudriñando en mi mente no encuentro una explicación razonable. Definitivamente, antes creía que estaba loco, ahora lo he comprobado.

Han pasado dos meses. Un nuevo cambio, ahora mi sueño es más real y ya no es solo en las noches. Durante mi trabajo, en la oficina, veo a la mujer. Siempre igual, siempre mirándome fijamente, con sus ojos rojos e inescrutables. Está en cada pasillo, en cada rincón. Siento que me observa.

El trabajo era mi distracción, seguramente ella se dio cuenta y no quiere dejar que la olvide durante el día. ¿Pero qué estupideces digo? ¡Los vampiros no existen, los vampiros no existen! Al borde de la locura, decido enfrentarla, estoy muy cansado de que me persiga a donde voy.

Únicamente tengo una duda, ¿cómo enfrentas a un vampiro, al que solo puedes ver en tus sueños? Algo se me ha de ocurrir. La literatura sobre vampiros es muy extensa. Los encuentras desde Google, en libros, revistas, incluso el cine ha explotado la vampiromanía.

Tal vez, inconscientemente, yo no quería quedarme afuera. Me asusto, cada vez más estoy comprobando lo loco que estoy.

He decidido seriamente entablar contacto con la doncella.

El sueño comienza tal y como siempre sucede; bosque placentero, hojas crujiendo, doncella hermosa que quiere beber mi sangre. Manipulo el sueño a mi antojo.

—¿Qué quieres? —Le pregunto, ella me ve y sonríe, luego desaparece. Por un instante siento que mi sueño acabó. Doy media vuelta y ella, tan fría y hermosa, está parada frente a mí; me agarra fuertemente de los hombros, su frío es intenso, todo mi cuerpo tiembla. Acerca sus labios rojos y provocativos, me besa, mi boca está entumecida, pero me agrada, siento algo extraño. Después separa sus labios de los míos. Me sujeta más fuerte, abre su boca y perfora mi cuello con sus filosos colmillos, dejo escapar un grito de dolor. Despierto sudando. El sueño cambió, por primera vez desde que comencé a soñar lo mismo, me agrada lo que recuerdo. Un beso, de una dama fría como el acero, que también parece frágil como el cristal.

Durante la mañana recuerdo el beso, sus labios fríos y carnosos tocando los míos. No importa el mordisco, toco con mis dedos mis labios y la veo acercándose. Sus ojos rojos se sienten como si miraran mi interior y mi alma.

Agacho la cabeza y decido trabajar. La noche llega. Con un poco de miedo, pero a la vez ansioso, me duermo. Se repite el sueño. Ella aparece, esta vez soy incapaz de decir algo; es tan hermosa que me paraliza. Me vuelve a besar, esta vez, un beso más intenso, más vívido.

Percibo el frío de sus labios, pero la pasión que emanan también es intensa. Culmina el beso, muerde mi cuello. Otra vez estoy en mi cama, bañado en sudor, gritando como niña. Voy del cielo al infierno en segundos.

A la mañana siguiente, estoy decidido a todo. Pido permiso en el trabajo, argumentando un fuerte resfriado. Lo primero que hago es buscar un dibujante callejero, por suerte, abundan en la ciudad. Dibujan lo que quieras a cambio de algunas monedas. Le describo a la mujer y la plasma en el papel como una foto. Ahora tengo el retrato hablado, lo escaneo y edito un poco para colocarle letreros de "se busca". Incluso la subo en la red. Solo me queda esperar. Pasan dos semanas, aún no he encontrado nada. El sueño cada vez es más intenso y real, pasa de ser terrorífico a placentero. No importa el mordisco si puedo sentir sus labios.

Una mañana alguien me llama. Es la voz de una mujer. Me advierte que deje de molestar la memoria de su hija. No entiendo de qué habla. Termina colgando el teléfono, ordenándome que quite los afiches de Dayana y la deje descansar en paz.

Ato cabos y entiendo que mi vampira favorita tiene nombre: se llama Dayana. Entiendo también que está muerta. El identificador de llamadas del celular me da un número. Llamo preguntando por Olivia Marques. Finjo un poco la voz y llamo desde un teléfono de la oficina, para que la señora no reconozca mi voz, ni mi número. La señora responde que es Carmen Reyes de Jiménez.

Me disculpo y cuelgo. Segundos después estoy en el buscador de Google; palabras clave: Dayana Jiménez. Fue increíble la cantidad de datos que arrojó el buscador de internet.

Dayana Jiménez sufrió un terrible accidente hace 17 años. Los registros decían: "En trágico accidente (porque no es periódico si no dice trágico), muere joven de 20 años, quien conducía su moto camino hacia la zona norte de la ciudad donde estaba su residencia.

Al parecer, perdió el control de su vehículo y cayó al abismo. La moto quedó totalmente destrozada, atascada en un árbol, mientras que la joven fue directamente al río y fue arrastrada por la corriente. Su cuerpo aún no ha sido encontrado, pero ya han pasado tres semanas del accidente".

El diario era del 3 de septiembre de 1996, cuando yo tenía 10 años. Terminé de leer todos los registros, cinco meses después del accidente se dejó de buscar a la joven, doce meses después su familia declaró su muerte. Se realizó un funeral y un entierro simbólico.

No importó el trabajo. Salí de la oficina y me dirigí al cementerio central. Pasé cerca de tres horas buscando la tumba simbólica de Dayana, hasta que la encontré: "Dayana Jiménez, hija ejemplar. 10 de junio de 1976 - 3 de septiembre de 1996".

Me arrodillé junto a la tumba, estaba a punto de decir una oración y sentí una mano fría en mi hombro.

Regresé la mirada petrificado. Era ella, era mi dama de cristal. Puso su mano fría en mi mentón y me levantó del piso. Después, nuestros labios se acercaron. Pasaba del sueño a la realidad. Terminó el beso y ella desenfundó sus colmillos. Un grito atravesó el cementerio.

INFIERNO

Acto 1: Confusión

El sol se filtraba por los grandes ventanales de la habitación, sin embargo, no era lo que pudiera decirse un sol normal, daba un color rojizo, que lo cubría todo. Podía verse el polvo flotar en el aire, como si hace mucho no se hubiera limpiado la casa. Marcos abrió los ojos, su espalda descansaba contra la pared, que se mantenía fría, a pesar del incandescente sol que bañaba el lugar. Notó algo extraño; le costó ponerse en pie. Cuando lo hizo, comenzó a explorar su hogar. Se asomó a las ventanas, pero la luz rojiza le encandiló los ojos y le fue imposible mirar a la calle. La misma luz le dejó ciego por un momento y comenzó a retroceder dándole la espalda a la ventana. Fue ahí cuando sus pies chocaron con algo, que lo hizo trastabillar y caer.

Parecía estar superando una resaca. Su cabeza la sentía hinchada como globo, y su cuerpo tan pesado como una roca.

Dirigió su mirada apremiante ante aquel bulto que le hizo caer y sus ojos se abrieron como platos. Totalmente sorprendido, se incorporó como pudo del suelo y dio algunos pasos atrás. Se arrodilló, y con su mano derecha se tapó la boca para no gritar. Con todas sus fuerzas, se forzó a despertar.

Un instante de silencio, y comprendió que no estaba dormido. Frente a él, un cadáver yacía en la alfombra turca de su sala. Había sangre por todos lados. Agachó la mirada, tratando de comprender qué había pasado, un cuchillo descansaba en su mano izquierda. ¡Estaba tan confundido! No supo precisar, si siempre estuvo en su mano o lo tomó, víctima del estupor.

Se quedó quieto por unos minutos, él hubiera jurado fue una eternidad. Finalmente, se acercó gateando hasta el cuerpo inmóvil de su hermano menor. Tal como lo había visto en películas, buscó señales de vida en el cuello de Carlos, mas no había señal alguna. El corazón le latía frenéticamente, pero él quería que esos mismos latidos, proviniesen del corazón de su único hermano.

—¿Qué ha pasado, Carlos? —dijo llorando—. ¿Quién te ha hecho esto?

Marcos comenzó un escaneo en su memoria, para entender qué había ocurrido:

—Seguramente he sido drogado por alguien, que mató a mi hermano y trata de inculparme—.

En medio de la búsqueda de respuestas, un ruido interrumpió sus elucubraciones. Alguien tocaba la puerta, lo hacía con afán. Marcos se incorporó asustado. Podía ser su novia o su madre. Él no iba a permitir que se encontraran con aquella escena tan macabra y, a la vez, desoladora. Corriendo, se dirigió a su alcoba: con una sábana cubrió el cadáver, lo arrastró a la cocina y cerró la puerta con llave. Rengueando, como si hubiera tenido una pelea, caminó a la puerta. Al abrirla, encontró, frente a él, a su hermano menor.

Acto 2: Crimen

—Hola hermano —dijo Carlos—, necesitamos hablar.

Marcos era incapaz de responder, miraba de reojo a la cocina. ¿Cómo era posible, si hace menos de un minuto, había dejado el cuerpo de su hermano reposando en el suelo de la cocina y, ahora este lo saludaba en la puerta de su casa?

—¿Qué pasa, Marcos, por qué no dices nada?

—Tú... tú....

—¿Yo... qué... sucede algo?

Marcos cerró la puerta en la cara de su hermano. Corriendo fue hacia la cocina. No había nadie, no había cadáver, no había rastro de sangre, no había cuchillo. El único color rojo en el lugar era el dejado por aquel sol abrasador. Sintió una extraña paz; su hermano estaba vivo y todo había sido una terrible pesadilla.

—¿Qué pasa contigo, Marcos?

—¿Cómo entraste?

—Dejaste la puerta abierta.

Marcos miró a su hermano y lo abrazó. Con lágrimas en los ojos, le dijo lo feliz que estaba de verlo. No obstante, Carlos tenía algo que decirle y ese era el motivo de su visita. Marcos lo invitó a la cocina, para servirle un vaso de jugo. Carlos lucía nervioso y las manos le sudaban profusamente.

—¿Qué tienes que decirme? —preguntó Marcos, notando el nerviosismo de su hermano.

—No sé cómo decir esto, pero ya no puedo más —dijo Carlos, tomó el vaso de jugo de naranja que le ofreció su hermano y se lo acabó rápidamente.

—¡Eh! Tranquilo hermano, no creo que sea tan grave.

—Después de esto, dudo que quieras seguir siendo mi hermano —afirmó Carlos.

Carlos comenzó su relato, con la voz entrecortada y haciendo cerca de diez pausas cada tres palabras. Finalmente, logró armar una oración completa, oración que dejó helado a Marcos, cambiando su alegría, por tener a su hermano vivo, en una furia incontrolable.

—Aura y yo llevamos saliendo hace más de seis meses, tenemos una relación amorosa y ya no puedo ocultarlo más. —Las últimas palabras de Carlos fueron como dagas en el corazón de Marcos.

Su hermano y su novia estaban juntos. La peor declaración de infidelidad que se pueda escuchar.

Marcos estaba enceguecido de rabia. Golpeó a su hermano en reiteradas ocasiones, dándole puñetazos certeros en su rostro. ¿Cómo había podido defraudar su confianza? Cada golpe venía acompañado de un reclamo. Carlos no podía defenderse, su contextura era delgada y nunca había sido capaz de ganar una pelea, lo único que podía hacer era clamar por su vida. Finalmente, Carlos pudo quitarse de encima a su hermano y logró tomar un cuchillo que descansaba en el mesón.

—Debes entender que Aura ya no te quiere, Marcos —gritó, y aquellas palabras sellaron su sentencia. Marcos, como una fiera herida, arremetió contra su hermano. Lo siguió hasta la sala y en el forcejeo le quitó el cuchillo de las manos, lo arrojó al suelo y le dio múltiples cuchilladas. Marcos recobró la cordura y, después de más de treinta puñaladas, pudo reaccionar. Lastimosamente ya era tarde, su hermano se desangraba en el piso. Con el cuchillo en sus manos, se dirigió a un rincón. Se sentó, apoyando su espalda contra la pared, y desde ahí vio a su hermano morir; luego se quedó dormido, diciendo con voz temblorosa: ¡Yo no lo maté! ¡Yo no lo hice!

Acto 3: Bucle

Un golpe frenético, en la puerta, despertó a Marcos. Este abrió los ojos al instante y se encontró con la imagen de su hermano muerto.

Con su cuerpo adolorido, camino hacia la puerta, sea quien sea, lo iba a despachar, después se desharía del cadáver. Él no merecía vivir, había traicionado su confianza. Las dos personas en las que más confiaba en el mundo lo habían defraudado. Ninguno merecía vivir. En su interior rogaba que fuera su novia, para arrebatarle la vida, tal y como lo había hecho con su hermano.

Abrió la puerta. Su mente volvió a confundirse, ¿qué clase de pesadilla sin sentido estaba viviendo? Afuera, su hermano lo esperaba.

—Hola, hermano, tenemos que hablar —dijo Carlos.

—¡Lárgate...! —lo espetó Marcos—. No quiero hablar contigo. ¡Lárgate!

—¿Lo sabes? —preguntó Carlos con temor.

—Sí, lo sé y no quiero verte. ¡Vete de mi casa!

—No, hermano, déjame explicar todo.

Marcos intentó cerrar la puerta, pero su hermano forcejeó para que no lo hiciera. Al final, Carlos logró entrar. Marcos corrió y se recostó sobre la misma pared donde, algunos minutos antes, había visto morir a su hermano.

Su mirada seguía fija en aquel espacio de alfombra turca. Pero ahí no había cadáver, ni la más mínima mancha de sangre o señal de forcejeo.

Su hermano se arrodilló junto a él y trataba de explicarle su amorío con Aura. Sin embargo, Marcos no quería escucharle, sabía cómo terminaría todo, cuando su hermano le contara la verdad.

Solo quería que se fuera de la casa. Aquella situación lo confundía más y su mente cruzaba a ratos la delgada línea entre la cordura y locura. No soportó más y arrastró a su hermano hasta la salida. Desafortunadamente, Carlos estaba empeñado en no salir. Antes de que pudiera sacarlo, una nueva noticia fue el detonante de la tragedia, nuevamente.

—Aura está embarazada y creo que el niño es mío.

Nuevamente Marcos perdió los estribos, se dejó gobernar por la locura y la ira. Apabulló a su hermano con una terrible lluvia de golpes fuertes y certeros en el rostro.

Cuando se detuvo, observó a su hermano tirado en el suelo: sangrando, llorando y suplicando. Al verlo así, se alimentó de más odio. Se dirigió a la cocina, tomó un cuchillo del mesón y, sin ningún atisbo de misericordia, lo apuñaló tantas veces que era imposible contarlas.

Cuando reaccionó, gateó hasta su rincón. Lloraba y repetía: ¡Yo no lo maté! ¡Yo no lo hice!

—Otra vez la puerta. No puede ser. ¡Otra vez no! —Carlos Lárgate —gritó Marcos desde su rincón.

Sabía que otra vez su hermano estaba vivo, porque no estaba frente a él, tirado en el suelo. Los golpes del portón cimbraban en sus oídos. Afuera, Carlos suplicaba que le abriera, ignorando que Marcos le estaba salvando la vida. Algún día se ha de cansar y se ha de largar de aquí. Pero Carlos nunca se rindió. Después de muchos intentos, tumbó la puerta y entró.

—¡Te dije que te largaras!

—No puedo irme sin darte una explicación.

—Ya recibí todas las explicaciones necesarias y, si no te vas, te voy a matar. —Carlos se estremeció al oír las palabras de su hermano. Él ignoraba que todo lo que le decía era cierto.

—Tranquilo, hermano, de verdad no quise hacerlo... —Lo decía llorando.

—Te dije que no quiero oír tus argumentos, tus razones, tus verdades. Solo quiero que te vayas con Aura y no regresen más. Denle a ese niño un buen ejemplo... si es que pueden. —Carlos nuevamente volvió a estremecerse. Su hermano conocía toda la verdad.

—Lo lamento —dijo Carlos—. Marcos sintió que sus palabras no eran reales, lo odió por eso. Como diapositivas recordó toda su infancia, su adolescencia, su universidad, cada detalle vivido juntos, lo ponía triste y enojado a la vez.

—¿Cómo pudiste ser tan infeliz? —Le recriminó Marcos.

—Solo pasó... lo siento.

Cada palabra de Carlos sonaba falsa a los oídos de Marcos, y este se iba irritando cada vez más. Luego de librar una batalla entre la cordura y la locura, fue sometido por la última y, sin piedad, arremetió contra su hermano, hasta vivir el mismo cuadro de siempre. Carlos yacía muerto sobre el suelo, sangrando.

—¡Yo no lo maté! ¡Yo no lo hice! —Se repetía Marcos nuevamente.

Marcos transitaba del remordimiento por el asesinato a la satisfacción por la venganza. Cada vez que se repetía ese bucle, en él, estaba tratando de no asesinar a su hermano. Pero su hermano siempre buscaba la forma de hacerle perder los estribos.

Como si Carlos no aceptara las oportunidades de vida que Marcos le daba. Incluso, Marcos optó por esconderse, pero Carlos entraba en la casa y lo encontraba. Marcos vagaba en la furia de ser engañado, en el dolor de la traición, en la tristeza por la pérdida de su hermano y su novia, en la desesperación, porque cada vez que intentaba dejar a su hermano ileso, este no se lo permitía. Siempre el mismo cuadro. Siempre su hermano desangrándose y él, recostado en un rincón, llorando, lamentándose de sus actos.

Acto 4: Locura

Dos médicos caminaban por todo el pabellón de enfermos peligrosos del centro psiquiátrico Santo Ángel. Uno llevaba una bata sanitaria, cabello blanco y muy corto, además algunas zonas evidenciaban que la alopecia, seguramente genética, pronto lo dejaría calvo. Él explicaba la condición mental de cada uno de los pacientes al otro individuo, quien parecía mucho más joven, de cabello largo, recogido con una coleta y un gran par de lentes reposando sobre una nariz aguileña.

Ambos caminaban con la espalda erecta, como si tuvieran una varilla atravesándoles la columna, como si fueran jóvenes soldados en un desfile militar.

—Este es el enfermo número 8 —dijo el anciano a su colega—. Es un sociópata, asesino de mujeres, con la medicación, permanece calmado e inofensivo, incluso habla de varios temas con absoluta elocuencia.

Después le comentó a su colega el tratamiento que recibía y algún que otro pendiente. Así, caminaron por un extenso pasillo de una de las alas del psiquiátrico Santo Ángel, a los lados estaban ubicadas las diferentes habitaciones: en la habitación 9, un hombre atormentado por el fantasma de su padre que lo violaba; en la habitación 10, un hombre con un extremo trastorno obsesivo compulsivo; en la 11, un esquizofrénico, que en un ataque había matado a su madre.

Así recorrieron las veinte habitaciones pertenecientes al pabellón de enfermos peligrosos, todos con el mismo común denominador: ser asesinos presos de la locura.

—Este es el número veinte —dijo el anciano doctor, los dos se asomaron a la ventanilla y un hombre corpulento descansaba en un rincón. Llevaba una camisa de fuerza, golpeaba su cabeza contra el piso gritando, para luego regresar a sentarse en aquel rincón a llorar y repetir... ¡Yo no lo maté! ¡Yo no lo hice!—. Se llama Marcos Zapata, asesinó a su hermano con cincuenta puñaladas.

Luego gritaba, lloraba y peleaba con alguien. Sus gritos alertaron a los vecinos, quienes llamaron a la policía. La policía encontró a su hermano muerto, cubierto de sangre y a él gritando primero que lo odiaba y después, que no lo hizo. Fue traído acá porque no sale de ese estado. Nadie sabe cómo en realidad ocurrió todo, pero matar a su hermano lo dejó totalmente desquiciado.

Epílogo

Algunas personas piensan que, al morir, si has obrado mal, irás al infierno. Pero la realidad es que el infierno lo vivimos en nuestra propia vida. No se necesita morir para ir al infierno.

DOS ALMAS

En cierta ocasión, hace muchos siglos atrás, un demonio decidió escapar de su hogar (si es que al infierno se le puede llamar hogar). Era un demonio perverso, malvado, siniestro; iba por ahí haciendo travesuras y causando estragos. Envenenó el agua, animales murieron al beberla; desató plagas que acabaron con los cultivos; desató crueles enfermedades, causantes de un gran número de fallecimientos en la población. No tenía compasión. No le importaba nada ni nadie.

No obstante, el universo extraño conspiró. Ese mismo día, una bella dama escapó del cielo. Era celestial, simpática, bondadosa, compasiva y muy hermosa, seguramente era el ángel más bello que existía. Aburrida de la monotonía del cielo y su infinita paz, sin emoción ni aventura, fue en busca de algo nuevo, yendo en contra de todo reglamento divino. Al ver las calamidades causadas por el demonio, luchó por remediarlas.

Curó enfermos, alejó plagas de los cultivos, limpió aguas envenenadas. Todo lo que hizo fue enfrentando al despiadado ser del inframundo.

El demonio, al ver que sus planes macabros se venían al piso, decidió investigar quién era su contrincante, para sacarlo del camino. Vaya sorpresa se llevó cuando vio a la doncella. Era perfecta, su rostro era blanco y espiritual, adornado con una sonrisa encantadora, de esas que enamoran a cualquiera; sus ojos color miel brillaban como el sol. Cuando la miró, notó que usaba un vestido blanco, y de su espalda brotaban dos hermosas alas de cisne, desplegándose a sus lados, como las aguas de las cataratas con todo su esplendor.

El demonio no podía dar crédito a tanta belleza, y quedó enamorado de inmediato. Era muy diferente a ella; comenzaré por decir que su rostro no poseía la misma belleza, al contrario, sus facciones estaban lejos de ser agradables a cualquier ojo. Era hosco, usaba el cabello largo, y dos cuernos pequeños sobresalían de su despejada frente. Aquella belleza angelical había logrado idiotizarlo.

El demonio, ignorante del arte de enamorar, quiso conquistar al ángel. Tal vez, esa torpeza logró cautivarla. ¿Quién sabe? Poco a poco se fueron conociendo más y más. De pronto, se hizo verdad aquel refrán que dice que el amor todo lo puede cambiar.

Sin notarlo, el demonio dejó de ser perverso, en su afán por enamorar a la linda belleza caída del cielo, olvidó su esencia, ya no era malo. Le causaba tanta felicidad estar al lado de ella, que no necesitaba hacer nada más para ser feliz.

Sus encuentros clandestinos se hicieron rutina, se miraban, pasaban juntos horas y horas. Al final del día regresaban a sus hogares.

Un día, de juego en juego, dejaron que la tentación los gobernara. Un beso se sumó a otro beso, una caricia los llevó a otra caricia. Víctimas del desenfreno, hicieron el amor. Fue algo espiritual, mágico. Ambos se conectaron, las terminaciones nerviosas de él se extendieron hasta las de ella, y viceversa. Amarse era un pecado, por venir de mundos diferentes. Pero esto solo dejaba claro que el amor es amor, no importaba clase social, raza ni, en este caso, ser la versión amorosa del yin yang, el bien y el mal, juntos en un solo sentir.

Un día el ángel sintió náuseas, se sintió inflada, en su interior crecía un ser, fruto del amor de dos seres, pero que venían de mundos diferentes. El demonio y el ángel decidieron escapar, irse juntos, pero fue imposible, en el cielo se desató la hecatombe. Ese niño no podía nacer en el cielo, sería un crimen. En el infierno, no fue diferente el asunto, solo era más cruel. "¡Quemémoslo, asesinémoslo, matemos a la madre y al bebé!" Mas el demonio estaba enamorado y no permitiría que algo malo le sucediera al amor de su vida o a su bebé.

Soy un fiel creyente de que las cosas pasan por algo. Por esos días, en un reino repleto de armonía, el rey y la reina vivían un dilema, casados hace años no habían podido tener un hijo. Intentaron de todo, nada funcionó, su felicidad no era plena.

El demonio escuchó su tragedia y he aquí lo irónico de la situación, un demonio preocupado por el bienestar de dos seres insignificantes para él. Expuso su plan a su amor, obviamente ella no lo tomó de buena gana. La pregunta es ¿quién tomaría de buen agrado regalar a su propio hijo? No obstante, era la única salida posible.

En el infierno la iban a quemar y a despojar de su hijo; en el cielo le ofrecían algo similar a regalarlo. La diferencia era que lo dejarían botado, abandonado a su suerte, hasta que alguien se apiade y lo recoja.

El amor puede ser cruel, una familia crecía como la marea al llegar la noche y el destino cruel se encargaba de derribarla, como un castillo de arena al ser pisado.

No había vuelta de hoja. Era un amor imposible. Pasaron los nueve meses. Ella, acompañada de su amor, dio a luz un hermoso niño.

Pesó alrededor de tres kilos y medio. Estaba gordo y rebosante de salud. Los dos lo vieron como ese pedazo de esperanza y vida. Había nacido un hombre que cambiaría el mundo. Una mañana clara y soleada, se acercaron al balcón de la habitación del rey y la reina.

Dejaron al bebé cubierto con una manta, sus crespos negros sobresalían de ella, miraba con curiosidad a sus extraños padres. Sus padres, nunca olvidarían esos ojos color miel. Tocaron tres veces la puerta, se alejaron, pero sin perder detalle. Cuando la puerta se abrió, la reina tomó al niño en brazos, lágrimas escaparon de sus ojos.

El rey cubrió con sus enormes brazos a ambos, entonces el demonio y el ángel supieron que habían tomado una buena decisión.

Las penas no terminaban ahí. Ahora llegaba el doloroso final de este hermoso amor. El demonio fue severamente castigado, encadenado en la peor de las prisiones del infierno, custodiado por feroces demonios de muy mal carácter. Cada día se encargaban de azotarlo y darle los peores trabajos del infierno, así, por toda la eternidad. El ángel no estuvo ajena a un castigo. Fue encerrada en una prisión, claro, menos triste y desoladora que la del demonio, pero no dejaba de ser prisión.

Era un calvario vivir alejados de su verdadero amor. Además, haber dejado a su hijo al cuidado de otros, la destruía a diario y de manera irreparable. Cuenta la historia que aquel día el mundo perdió su brillo y se nubló. Las lágrimas de la doncella celestial inundaron el mundo. Los lamentos del demonio desdichado hicieron temblar el universo. Hoy dicen que cada vez que llueve, es el ángel que recuerda a sus dos grandes amores alejados a la fuerza.

Y cuando hay temblores o terremotos es el sufrimiento incontenible de aquel demonio, que aprendió lo duro del amor.

Con el paso de los años Vince, hijo del demonio y el ángel, creció, ignorando de dónde provenía. Incluso sus padres también ignoraban cuál era su origen. Vince fue educado con los principios de sus padres adoptivos.

Era un joven respetable, bondadoso y valiente; cuidaba a los necesitados y brindaba ayuda a todo aquel que lo necesitase. Todo anticipaba a que el reino, cuando su rey ya no estuviera, sería bien gobernado, dirigido por Vince.

Finalmente llegó el día. El rey envejeció y falleció. Vince había conocido, meses atrás, una mujer digna de su respetable humanidad. Una princesa de un pueblo cercano, con cualidades igual de impresionantes a las de Vince. Se unieron en sagrado matrimonio, el rey y la reina ya tenían sucesores. El rey pudo morir en paz. Tuvo una vida plena, un reino bien gobernado, una fiel esposa y un hijo increíble. Supongo que es como todo ser humano quiere morir.

Vince y Caila se casaron. Posteriormente fueron coronados como rey y reina del reino de Esplendor. Durante años, la armonía gobernó con ellos. Sin embargo, un oscuro secreto estaba por revelarse. Vince tenía un lado bueno, por eso era un rey de increíble honor, pero también poseía un lado oscuro, que estaba a punto de estallar.

En las batallas no tenía piedad por sus rivales, su sed de sangre lo poseía; no podía parar hasta acabar con sus enemigos. Después de cada batalla el furor se desvanecía y el dolor de cada vida tomada a la fuerza, lo destruía por dentro.

La lucha constante entre el lado bueno y malo de Vince lo estaba destruyendo poco a poco. Era hora de hacer algo al respecto. Un día salió de su casa, cansado de no encontrar respuestas, partió lejos, únicamente contándole a su esposa a dónde iba. Tomó su mejor barco con rumbo a Asia.

Después navegó rumbo a Europa. América también fue epicentro de sus visitas. Hasta, finalmente, llegar a África. De rumor en rumor, localizó un templo al filo del Nilo, un monje ahí lo esperaba, como si supiera que iba a llegar. Estaba, con la cabeza rapada y sus ojos profundos y negros, viendo al horizonte. Vestía con túnica blanca y llevaba paz en su interior. Sabía a qué fue Vince. Le contó su origen. ¿Cómo lo supo? Pues quién sabe.

Al principio fue una historia absurda e increíble. No obstante, fue adoptando un grado alto de credibilidad cuando el monje daba datos más exactos.

La solución era simple, en el alma de Vince convivían dos seres, aquel descendiente de un ángel, lleno de amor y bondad, y una parte del demonio, la malvada y despiadada. El problema se supera al dividir las dos almas.

Sin embargo, el monje explicó todos los inconvenientes que existían en ese simple procedimiento. Vince no quería oír más, solo le importaba separar las almas, sin importar los inconvenientes que pudieran presentarse.

No escuchó advertencias, que solo retrasaban su felicidad plena. El monje accedió. Sabía que el rey tenía otra lección que aprender, y por eso separó las dos almas.

Un hombre de rizos negros, rostro pálido y ojos miel, regreso a Esplendor. La fuerza y la bondad le sobraban. Por el mundo un hombre de aspecto hosco y cabellos desordenados, navegaba sin rumbo. Su alma estaba corrompida y llena de maldad. Únicamente quería encontrar su lugar en el mundo.

Las cosas comenzaron a funcionar bien. El rey cruel ya no existía. El reino iba hacia la prosperidad, sin embargo, de un momento a otro, el rey comenzó a sufrir de una cruel enfermedad. Ningún médico del reino o reinos cercanos, supieron qué padecía.

La fiebre lo envolvía y comenzaba a delirar. Afecciones respiratorias no se hicieron esperar, tenía dolor por todo el cuerpo constantemente. Caila no sabía qué hacer, tenía que encontrar una cura. Descubrió que los dolores iniciaron después de su viaje y decidió ir rumbo al Nilo.

Caila sí escuchó lo que Vince no quiso escuchar. El monje le explicó que las dos almas debían estar juntas, o de lo contrario morirían.

¿Cómo hacerlo? El monje tomó una roca del suelo, rezó algunas frases en voz baja y en idioma desconocido, la bañó con las aguas del Nilo y se la entregó a la reina. Las indicaciones eran claras: buscar la parte maligna, apuñalarla con la roca, en ella quedaría encerrada el alma maligna. Luego debería unirse a la parte buena. Nunca deben volverse a separar. Pero de esa manera, la parte maligna no volvería a dominar la verdadera esencia del rey Vince.

El viaje de Caila la llevó hasta una cueva en un alejado lugar de España. Atrás, solo devastación y destrucción, el rastro perfecto de un demonio. Al encontrarlo, agonizando sobre un suelo frío, sufriendo los mismos dolores que Vince, fue fácil para Caila enterrarle la piedra en el corazón. Después de un grito estridente, la parte maligna desapareció. Ahora estaba encerrada en la piedra. Debía apresurarse, el tiempo de Vince se terminaba. Debía unir, lo más pronto posible, las dos partes, para que vuelvan a formar un solo ser.

Así Caila colocó la piedra en una bolsa y la puso en el pecho de Vince. En cuestión de segundos la fiebre bajó, los delirios cesaron. Ya podía respirar mejor, abrió los ojos y su fuerza retornó. A partir de ese día fue mejor rey. El pueblo de Esplendor renació y floreció bajo el mando del mejor rey de la historia, uno que llevaba a todas partes su lado oscuro junto a su pecho, capaz de no dejarse gobernar por él, como sucedía antes.

REVIVIR

Preferí ignorar sus gritos. Eran las dos de la madrugada, y mi padre seguía gritando y golpeándose con las paredes. Ahora, que puedo meditar la situación, sé que fue mala idea no permitir su descanso.

Les contaré mi historia. Comenzaré por decir que mi padre tenía 50 años el día que sus pulmones comenzaron a fallar. Año tras año, los pasó con un cigarrillo en la mano; hoy ese tiempo estaba cobrando factura, un cáncer se había desarrollado en sus pulmones. Su vida comenzó a extinguirse a partir del momento en que fue diagnosticado.

Se negó a recibir quimioterapia, no permitió ningún procedimiento quirúrgico, y solo quiso ser tratado con analgésicos; morfina era lo único que calmaba sus dolores, a cambio de permanecer dopado, viviendo en un mundo irreal.

La enfermedad avanzó tan rápido, que en cuestión de meses ya no quedaba nadie a quien salvar; mi padre había muerto.

Su aspecto regordete se transformó en uno caquéxico; su vitalidad se había marchitado como aquella flor a la que no le llega luz; sus huesos estaban visibles, recubiertos por piel, arrugada y escamosa. Una mañana recobró su lucidez para decirme adiós, cerró los ojos, y nunca más los volvió abrir.

Mi padre me cuidó desde que mi madre nos abandonó; yo tenía dos años, y ella se hartó de nosotros. Nunca más hubo una mujer en nuestro hogar. Mi padre fue mi sustento toda su vida. Ahora que se había ido, yo quedaba solo. ¿Cómo afrontar la vida así? Abatido y nostálgico, solo y triste. La desesperación me llevó a la locura. Tomé una decisión absurda, tan absurda, que pagaría el error con sangre y lágrimas.

Pienso que ser joven a veces es un pecado, te sientes invencible y poderoso; esa soberbia te convierte en un ser vulnerable. Quise darle vida nuevamente, sin comprender que su ciclo había terminado y ya no pertenecía más a este mundo, que gran desacierto.

Guardé su cuerpo. En el funeral no permití que abrieran su ataúd, dejé un cuadro con su foto encima del féretro. Todos respetaron mi voluntad de hacerles recordar lo mejor de él. Nadie sospechaba que el ataúd estaba lleno de piedras, y mi padre descansaba en el sótano de la casa. Luego de terminar el circo del entierro, pasaría a la fase dos de mi plan.

Conocí la magia negra en mi época de colegio, en aquellos años era por experimentar. Hoy, nuevamente, recurrí a ella, porque recordaba que existía la posibilidad de revivir muertos.

¡Qué ingenuo fui! La magia negra esconde maldad dentro de palabras que pueden sonar dulces para mentes débiles como la mía. No estaba reviviendo a nadie, eso hasta donde sé, es imposible. Sin embargo, el cuerpo de mi padre era un recipiente, que cualquier ser inmaterial podía habitar. Fue así como algún ser del bajo astral tomó posesión de ese cuerpo.

En las indicaciones del ritual recomendaban: encadenar el cuerpo, porque volver significaba un cambio brusco para el renacido. Patrañas, lo que en realidad quería decir era "es mejor tener un demonio atado que suelto por ahí". Aunque, eventualmente, se liberaría.

Hoy terminaría todo. Tengo el rifle cargado, el rifle con el que mi padre solía cazar venados. También lo cargué con la munición que sobraba de aquellas épocas.

Podrán imaginar que sería lo próximo que haría. Bajé las escaleras decidido, empuñando el rifle con mis dos manos. Era curioso cómo, a medida que me acercaba al sótano, mi valor se iba apagando, como la vela al ser consumida por el fuego. Encontré a lo que, antaño, era mi padre, acechándome desde el piso, gruñía como una rata, a la cual están matando.

Apunté con el rifle en su cabeza, sin dejar de temblar. Traté de serenarme para poder disparar, pero en ese intento me percaté que las cadenas estaban rotas. El ente notó mi mirada y comenzó a saltar de un lado a otro, caminaba por las paredes deleitándose con mi cara de terror. Supongo que soy hombre muerto, mas no me iba a rendir tan fácil. Traté de apuntarle hasta que, finalmente, disparé, pero mis disparos ni siquiera dieron cerca del monstruo.

De repente todo era tan confuso. Me detuve y miré alrededor. ¿Qué pasaba aquí? ¿Dónde estaba el sótano? Estaba en una cafetería, la cafetería de mi barrio. Muchas personas están en el suelo, ensangrentadas, algunas no se mueven, y otras, gritan y lloran; yo sigo sosteniendo el rifle. Antes de poder hacer algo, escuché un nuevo disparo, pero este no salió de mi rifle, en frente de mí hay varios policías, quienes comienzan a dispararme, poco a poco me desplomo.

Cuando mi cuerpo entra en contacto con el suelo, puedo sentir el frío de la baldosa, por fin suelto el rifle y siento un líquido caliente recorrer mi cuerpo. Miro al techo y aquello que, tiempo atrás había sido mi padre, me estaba viendo, sonreía mientras se perdía de mi vista, como una cucaracha que corre por las rendijas huyendo del zapato que quiere matarla. Lentamente mis ojos se cierran.

A partir de ahí no hubo más nada.

EL ANILLO DEL DIABLO

Aún recuerdo aquel 30 de septiembre, transcurría el año 1999, y el miedo que crecía en la gente, al acercarse el nuevo milenio, era abrumador. Sin embargo, aquel día fue muy triste para mí. La historia comienza el 30 de septiembre, a las ocho de la mañana, un jueves, que siempre recordaré por aquel aguacero torrencial que caía. Mi padre era taxista, y únicamente laboraba en las tardes, por eso estaba en casa. Mi madre era ama de casa. Mi hermano mayor, Juan, era... bueno, era un desempleado más. Yo estaba recién graduado de abogado y, la verdad, aún no encontraba empleo, ese día, precisamente, tenía una entrevista de trabajo. Mi familia era agradable, no había nada más importante que platicar en el comedor mientras disfrutábamos los sándwiches de atún y los huevos revueltos que hacía mi madre para el desayuno.

Aunque debo decir que ese día todo se sentía diferente.

El timbre sonó dos veces, yo me estaba bañando, el resto de mi familia ya se encontraba desayunando. Mientras me afeitaba, un ruido atronador me erizó la piel, parecía pólvora, pero era muy temprano para las fiestas patronales. Después, una ráfaga de tiros recorrió el lugar, lo que hizo que cada parte de la casa retumbase.

Quedé petrificado frente al espejo, con la máquina de afeitar suspendida en mi mano izquierda, de mi mejilla brotaba sangre, me corté al ser sorprendido por la ráfaga. Por fin reaccioné al escuchar el grito suplicante de mi madre. ¿Qué pasó en mi casa? ¿Qué fue todo ese ruido?

Tomé una toalla y me cubrí, bajé a toda prisa al primer piso. El cuadro de terror, salido de película, que me encontré, me estremeció el alma; mi madre estaba en el piso, cubierta de sangre.

Al lado de ella, divisé unas botas de cuero de serpiente, subí mi mirada pasando por unos negros pantalones vaqueros, una camisa azul por fuera del pantalón y, al final, un hombre de rizos dorados me miraba con sus ojos café claros, apuntándome con una pistola.

Recuerdo que escuché un nuevo sonido de pólvora explotando, seguido de una luz roja. Al final, todo se desvaneció.

Una mancha borrosa se dibujó ante mí, una mancha que lentamente adoptaba una forma irreconocible. Era un lugar en el que nunca había estado.

Una voz masculina, de un hombre delgado, en su intento de sacarme de mi estupor, me saludó estrepitosamente, no sabía quién era.

—Hola —dijo. Con la lengua entumecida y la garganta adolorida, traté de decir algo. Una máscara cubría mi boca y nariz, me impedía respirar normalmente, aunque el sujeto insistió que no me la retirara, que gracias a ella podía respirar, pero para mí, era todo lo contrario.

Además, mi cuerpo era tan pesado que, mover un solo dedo, dolía como un cálculo renal. Pude armar una frase que el hombre no entendió, y prosiguió a tranquilizarme, me decía que tratara de hablar poco, que mi garganta estaba lastimada porque un tubo atravesó mi boca para ayudarme a respirar.

Me explicó, con las palabras más comunes que pudo, que estaba en una clínica, que estaba en cuidado crítico, que iban a monitorizarme todo el día y que, si seguía mejorando, pronto saldría.

Cuando por fin pude regresar de ese entumecimiento, recordé todo. Cerré los ojos y vi a mamá tirada en el piso, al lado de ella estaba su verdugo usando botas de cuero de serpiente. Quise salir corriendo, quería saber qué pasó, y un par de enfermeros de uniforme azul corrieron a sujetarme.

Yo peleaba, tratando de librarme de su opresión, necesitaba respuestas, ¡exigía respuestas, y nadie me las daba! Yo solo quería saber ¿qué rayos había pasado?

De repente, una voz reconocida me dijo que estuviera tranquilo, pero no era la de mi padre, ni la de mi hermano y, definitivamente, tampoco era la de mi madre. Era la del tío Hugo, un parásito que se alimentaba de la caridad que le daba mi padre, pero que era muy querido por todos nosotros.

El tío Hugo me relató lo que había sucedido siete días atrás, el 30 de septiembre. Alguien llamó a la puerta, según dice la policía, era conocido, porque no hubo rastro de forcejeo ni en mi padre, ni en mi hermano.

Al parecer, al entrar, mi padre le dio la espalda, y ahí fue cuando ese sujeto le disparó; mi hermano, al ver eso, se abalanzó al pistolero y este le disparó también. Finalmente fue tras mi madre, ella quiso escapar, pero la alcanzó y disparó a quema ropa en seis oportunidades; luego me disparó.

Después de un silencio prolongado, algunas lágrimas salieron de sus ojos, y dijo que a todos les dio un tiro de gracia, a todos menos a mí. Un vecino oyó los disparos y alertó a las autoridades, las sirenas lo asustaron, y por eso sobreviví, a pesar de que mi herida estaba a escasos centímetros del corazón.

Dos días más en la clínica, y salí de allí. Mi tío se había instalado en la casa, era mi tío favorito, por eso agradecía su compañía.

La tristeza que se puede sentir en esos momentos es tan abrumadora, que un poco de compañía te distrae, aunque esta compañía contaba historias absurdas, de cómo regaló el billete ganador de la lotería; que su exesposa era una bruja y lo mantenía embrujado, entre otras. Cuando me dejaba solo yo escapaba. La calle me daba refugio, los bares aliviaban mi soledad. Me aislé del mundo, nada importaba, el alcohol se convirtió en mi mejor amigo. Día a día me llenaba de ira y sed de venganza, sentimientos que crecían más y más, como la marea al acercarse la noche.

Mi tío se había tenido que ausentar algunos días, y yo quedé en manos de la peor compañía, la soledad. A cada instante, salía corriendo de mi casa rumbo al bar más cercano; ahí permanecía hasta las tres de la mañana, hora en la que cerraba el local y regresaba a mi casa. Un día, mientras bebía de la botella de mi tequila, un hombre se acercó a mí. Era delgado, de rostro puntudo, adornado con una chiva y un bigote, utilizaba el cabello peinado hacia atrás, endurecido por el efecto de la gomina o el gel, no podría decirlo. Me invitó una copa y, la verdad, mi bebida ya se acababa, así que, sin pensármelo mucho, acepté.

—Sé lo que quieres —me dijo. Al principio no entendía nada, pero él aclaró mis dudas con su siguiente frase.

—Quieres venganza... —sonrió y luego dijo—: Yo te la puedo dar.

—¿Cómo? —pregunté enfurecido. Era obvio, me había convertido en el hazme reír, seguramente mi historia ya era famosa en toda la ciudad.

—Encontrando a los que planearon esto, luego asesinarlos.

—Solo fue uno, yo lo vi.

—No, te equivocas, él solo ejecutó el plan, alguien más lo maquinó, o debo decir más personas lo idearon.

—¿Qué dice? —Las palabras del hombre se escuchaban con tanta convicción, que empezaron a anidar en lo más profundo de mi mente—. ¿Cómo sabe eso?

—Simplemente lo sé. Mira, te lo demostraré, usa esto. —Colocó un anillo en la mesa—. Tómalo, es tuyo.

—¿Para qué sirve ese estúpido anillo? —Era dorado, totalmente lizo, estaba decorado con unas pequeñas gemas alrededor, unas eran lilas y otras blancas.

—Úsalo, y contestarás muchas preguntas. Claro que, si no lo quieres, buscaré otra persona que se deje ayudar. —Tomó nuevamente el anillo y lo guardó en su bolsillo.

Yo estaba muy intrigado, quise decirle que lo iba a probar, pero aquel sujeto se adelantó—: Mira, te lo dejaré, pruébalo, y en dos días nos encontramos acá, ¿te parece? En esta misma mesa, a esta misma hora. —Puso el anillo en mi bolsillo, y un vaho de cigarrillo inundó mi mirada, poco a poco me fui perdiendo en esa cortina de humo.

El sonido de mi celular me despertó, era la empresa de energía llamando para recordarme la fecha de pago de mi siguiente factura.

La noche anterior era tan borrosa, que todo parecía un sueño, además, no tenía recuerdo de cómo llegué a casa. La explicación más exitosa que elaboré, era que todo fue un sueño estúpido y absurdo, aunque pensar en tener un poder para vengarme, era una idea tan alucinante, que deseaba con todas mis fuerzas que fuera cierto.

Toda la mañana, y parte de la tarde, estuve acostado, pasando la resaca y viendo películas que me sabía de memoria. En realidad, lo que me mantenía lejos era la charla con ese hombre de cara puntuda. En la tarde tomé un baño, y me dispuse a ir a embriagarme una noche más en aquel bar, "El Olvido"; la verdad, es un gran nombre para un lugar así.

Allí olvidaba mi dolor, embriagado hasta los calzones. Me puse la misma ropa del día anterior, mi ánimo no me daba para buscar ropa limpia que ponerme.

Esculqué mis bolsillos para cerciorarme que cada día estaba más ilíquido, pero encontré aquel anillo, tal como lo recordaba.

Es gracioso cómo sueles pensar que algo que te sucede parece un sueño, y hay veces que, algo que parece real, es un sueño. En mis manos estaba el anillo. Ahora, más cuerdo, vi doce gemas, ocho de color lila y cuatro blancas. Parecía ser de oro, y era suave como terciopelo; lo examiné de cabo a rabo, tratando de entender cómo un anillo me podría hacer encontrar la venganza que mi corazón deseaba.

Nada se perdía intentando, era la frase favorita de mi madre. Me puse el anillo en mi dedo índice derecho, no sucedió nada extraordinario. Terminé de vestirme y salí de casa. Mi camino al bar "El olvido" fue extraño: la vida iba en cámara lenta, podía ver todo, sentir todo, anticiparme a un ciclista que perdió el control de su bicicleta para estrellarse contra un muro, y pude esquivarlo.

Sin embargo, eso no era lo más extraño, escuchaba voces, miles de voces, no podía distinguir lo que decían porque eran demasiadas y unas quedaban sobre otras. La calle me enloqueció, y no tuve más opción que regresar a mi casa; ahí el silencio reinó nuevamente. Ese fue el primer día que usé el anillo.

Al otro día, la verdad se abría paso ante mis ojos. Cuando me disponía a salir de mi casa, una extraña sensación, en la puerta que permitía mi paso a la calle, me detuvo. Luego vino una imagen.

Mi padre miraba a través del ojo mágico de la puerta, luego abrió; reconocí al hombre por sus botas de cuero de serpiente, era el asesino, mientras hablaba con mi padre pude, ahora sí, observarlo bien; rizos rubios, alrededor de un rostro redondo y blanco, decorado en su lado derecho con un feo corte amorfo, que iba desde su párpado inferior hasta su mejilla; medía cerca de 180 cm. No pude entender qué habló con mi padre, pero cuando este le invitó a seguir y le dio la espalda, el hombre sacó una pistola y le disparó.

Todo sucedió ante mí, como una repetición, mi padre cayó de rodillas y su cara tocó el piso embaldosado. Acto seguido el hombre cerró la puerta, mantenía su pistola en la mano. Mi hermano, alertado por el disparo, corría hacia el verdugo, que ya lo esperaba y le propinó un disparo en su cabeza.

Mi madre venía detrás, y, al ver aquella escena, intentó correr, pero en su intento tropezó con la pata de la mesa donde descansaba su teléfono. El hombre se acercó a ella lentamente, disfrutaba ver el miedo en los ojos de mi madre, y, cuando estuvo lo suficientemente cerca de ella, le disparó sin piedad; descargó la recámara de su pistola.

En ese instante yo bajaba las escaleras, cubierto con una toalla y quedándome paralizado frente al asesino y el cadáver de mi madre. Él me miró, y con la misma frialdad me disparó. En ese instante sentí una punzada en el pecho; me desplomé, y miraba mi cuerpo sacudirse en el piso.

El hombre regresó al cuerpo de mi padre y le dio un tiro en su cabeza, luego hizo lo mismo con mi hermano y mi madre. Pude ver cómo, con la mayor frialdad posible, se acercó a mí, colocó la pistola en mi cabeza y apretó el gatillo... nada ocurrió, la pistola se trabó; cuando lo iba a intentar nuevamente, las sirenas de la policía se escucharon afuera y salió corriendo.

Yo había presenciado tal acto de terror, la visión se me quedó grabada.

La podía volver a ver como si se tratara de una película, que puedes rebobinar y ver cuantas veces quieras. Así pasaron los dos días que aquel sujeto me dijo. Ahí, en la mesa del bar, me esperaba, sonreía y fumaba, mirando fijamente su vaso de vodka. Me acerqué a él y me saludó.

—¿Cómo te fue con mi anillo? —preguntó.

—¿Qué clase de anillo es este? —contesté con otra pregunta, enseñándole el anillo, que no me lo había quitado desde el día que vi la muerte de mi familia.

—Es mi anillo, es fantástico, ¿no crees? —asentí. Ese hombre era cada vez más enigmático.

—¿Este anillo me permite ver lo que le sucedió a mi familia?

—Mucho más que eso —indicó.

—¿Es decir, que tiene poderes mágicos? —la pregunta sonaba tan absurda, que dejé escapar una pequeña sonrisa, la cual borré rápidamente al ver la seriedad con que aquel hombre me miraba.

—Así es —dijo, y después me explicó la magia de su anillo—: Verás, ese anillo te permite revivir momentos vividos.

—¿Visiones?

—No, algo más que visiones. Puedes saber todo lo que pasó. Cada persona tiene una esencia y, en cada lugar donde ha estado, deja un poco de ella; algunas veces sin intensidad, y estas desaparecen; otras veces, vive momentos tan memorables, que su esencia perdura por toda la eternidad.

El asesinato de tu familia fue muy intenso, y una gran parte de la esencia de ellos dejó impregnada tu casa, lo que ves es lo que ellos vivieron.

—Esto solo aumenta mi dolor. ¿Cómo me puede servir este anillo?

—Concéntrate en esta mesa. Cierra los ojos.

Obedecí, al principio toda la música y el bullicio del bar no me permitían concentrarme, pero poco a poco fui aislando ruidos. El hombre me dijo que abriera los ojos, y así lo hice. El bar estaba solitario, lentamente se fue llenando. No obstante, a la misma velocidad que se llenaba, se vaciaba; personas entraban, salían, volvían a entrar, y así sucesivamente. Vi gente sola que bebía algo y se iba, gente en pareja, en grupo. Todo era tan rápido, que no podía decir qué era real y qué no. Al final del recorrido, estaba nuevamente sentado frente al misterioso hombre.

—Esas son las esencias que dejan las personas. Podrías continuar todo el día y conocerías muchas personas, sin siquiera haber cruzado palabra con ellas.

—Pero sigo sin entender cómo esto me servirá para encontrar venganza.

—Pues buscando —rio a carcajadas—, buscando. Cuando matas dejas una gran parte de tu personalidad, de tu esencia; esa esencia se queda guardada por donde vas. Aquel hombre tuvo que haber dejado algo al escapar. Puedes seguir su rastro —pensé que todo eso era absurdo, sin embargo, todo lo que miré era tan real, que podría ser cierto—.

>>Si encuentras a tu verdugo, descubrirás qué otros poderes posee este fantástico anillo.

—¿Qué otros poderes tiene?

—Encuentra a tu verdugo y lo sabrás. Tu sed de venganza te hará descubrir todo su poder. —Su mirada cambió nuevamente, adoptó una sonrisa maliciosa y dijo—: Ahora hablemos de negocios.

—¿Negocios? No entiendo.

—Si logras cumplir tu venganza, tu alma será mía. —Quise contestar algo, mas no pude, su voz me había helado la piel. Cuando pude enarbolar alguna frase coherente, el hombre ya no estaba.

En mi casa, olvidé casi todas las palabras que ese hombre utilizó, únicamente recordaba la de seguir el rastro de mi verdugo. Fue increíble cómo una nueva escena de película se reveló ante mí.

El hombre salió de la casa a trompicones, aún cargaba la pistola en su mano. Corrió unos doscientos metros, guardó su pistola y abordó un taxi. Regresé a mi casa y saqué el taxi de mi padre, podía ver en qué dirección fue el asesino. Estaba siguiendo su rastro. Cada lugar por donde atravesó, yo lo podía ver.

Finalmente, llegué a un barrio en las afueras de la ciudad, estacioné el taxi, justo donde el asesino se bajó del suyo. Luego caminó algunos metros hasta una casa abandonada, destruida por el tiempo, llena de vegetación y cayéndose a pedazos. Una puerta de madera, a punto de caerse, le daba el toque final de "casa fantasma".

La resguardaba un viejo candado, rodeado por una gruesa cadena; era evidente que el paso del tiempo había logrado oxidarlos. Después el homicida retiró el candado, tras la puerta, una moto de alto cilindraje lo esperaba. La sacó, colocó nuevamente el candado y la cadena, y se marchó en la moto.

Forcé la puerta, y fue muy fácil botarla. Adentro no había más que polvo, ratas y telarañas. Era el perfecto escondite para la moto del hombre que mató a mi familia, ya que pude ver que siempre actuaba igual. Llegaba en taxi algunos metros antes, caminaba unos treinta pasos, sacaba su moto, y se dirigía a otro lugar. Seguramente, si los taxistas podrían oír sobre un asesinato, dirían que recogieron a un hombre sospechoso y lo llevaron hasta ahí.

En ese lugar, la policía no encontraría nada; una casa roída, resguardada por un candado herrumbroso; adentro solo ratas, arañas; la coartada perfecta.

Sin embargo, yo tenía el mejor aliado, y empezaba a saborear mi victoria. Abordé nuevamente el taxi, lo llevé por la senda que recorrió ese ser despiadado que me había quitado lo más querido. Sin meterse al centro de la ciudad, viajó por los alrededores hasta llegar a un pueblo cercano; ahí, en una casa más vistosa y lujosa, el bandido terminaba de completar su fachada. Una hermosa mujer lo esperaba, era morena y de ojos pequeños y, al parecer, su hija también aguardaba su regreso; era muy parecida a él, pero sin cicatriz, y en versión femenina.

Al explorar la zona, pude notar que, en frente de la casa, había una cancha de fútbol, un sitio perfecto para vigilarlo. Entonces aparqué el taxi, traté de ocultarlo entre la maleza; era imperativo pasar desapercibido. Lo vigilé todo el día y, en la noche, regresé a mi casa. Al segundo día llegó la hora de aplicar mi plan.

Esa mañana salió a dar un paseo con su mujer, al tiempo que su hija estaba en la escuela. Era el momento preciso, y lo aproveché para entrar en la casa. Lo hice de la forma más clandestina posible. Debo decir que fue fácil, entré por una ventana que habían olvidado cerrar. La casa decía mucho, las imágenes se reproducían en mi mente, tal como sucedió en mi hogar, al ver la masacre de mi familia.

La esposa devota, la hija dedicada, ninguna sabía lo que hacía el hombre. Él argumentaba ser comerciante, y su casa estaba llena de electrodomésticos, no solo era asesino, también era ladrón.

Cuando la pareja regresó, me llené de cólera al ver ese rostro que fingía ser alguien que no era. En ese momento, recordé a aquel hombre de cara puntiaguda. Lo que me había dicho sobre los poderes del anillo, comencé a entenderlo. Los pecados de aquel hombre, al cual yo odiaba con toda mi alma, comenzaron a colarse. Podía ver cuántas personas había asesinado y cómo lo había hecho, las infidelidades hacia su mujer y cuántas veces quebrantó las leyes. Un manojo de visiones se presentaba en mi mente, cada una me aclaraba el pensamiento.

—Por fin lo encuentro. —No aguanté más y salí a enfrentarlo.

—¿Quién es usted? —preguntó, como si no me conociera, pero en su rostro se reflejó la sorpresa de verme. No podía moverse, estaba estupefacto.

—Sabes quién soy, no te hagas el tonto solo porque estás frente a tu esposa.

—¿Quién es este hombre, Marcos? —preguntó la mujer.

—No tengo idea —contestó él. La mujer corrió al teléfono, iba a llamar a la policía. Yo le ordené que no lo hiciera, y luego les dije que tomasen asiento; ellos obedecieron como si fueran mis fieles sirvientes.

Los tenía donde quería, y no solo Marcos poseía secretos oscuros, su esposa también. Me regocijé haciendo que él contara todos sus pecados, que narrara cómo mató a mi familia y cómo planeó todos sus crímenes; que no era ningún comerciante, y sí un peligroso delincuente conocido como el Mano Negra. Había estado con más de siete mujeres en los ocho años que llevaban juntos.

Marcos no pudo contener su llanto, yo disfrutaba su sufrimiento, me sentía triunfador; nunca me había sentido tan contento en mi vida. Luego fue el turno de ella, quien narró sus infidelidades, y que la niña no era hija de Marcos. El clímax llegó al momento en que ella le confesó haberse inducido el aborto de su primer hijo, ese sí era legítimo.

Después pregunté por qué. El dolor y la tristeza me gobernó, ese secreto me dejo frío, supe más de lo que quería saber. Como si fuera una venganza, me contó todo tan despacio, que era como si me apuñalara el corazón con pequeñas agujas.

El asesinato no fue más que el producto de la ambición, mi padre pagaba, desde hacía seis años, un seguro de vida, por más de doscientos mil dólares, en el cual éramos beneficiarios mi mamá, mi hermano, mi tío Hugo y yo. El ataque fue dirigido a todos, menos a mi tío Hugo, yo simplemente conté con suerte.

Pero mi tío tenía algo planeado para mí, un atraco lo dejaría a él herido y a mí, muerto; para no levantar sospechas.

El siguiente objetivo del Mano Negra era ese, mi tío ya le había dado una parte. Tuvo que salir de la ciudad para orquestar un viaje fuera del país, después del atentado programado para mí y él. Como pueden ver, este relato era más que macabro.

Mano Negra no me podía ocultar nada, el anillo lo obligaba a decir la verdad. Mi siguiente jugada fue ordenarle traer su pistola, oculta en algún lugar de la casa, y un cuchillo: él apuñalaría de muerte a su esposa y, antes de que fallezca, descargaría la recámara de la pistola contra sí mismo. Así lo planeé, y así sucedió. Ordené que eso pasara cuando me hubiese alejado lo suficiente del lugar, parecería un crimen pasional. No dejé ningún rastro. Ahora seguía mi tío Hugo.

Llegó a casa dos días después. Pasé ese tiempo saboreando planes macabros de cómo le iba hacer pagar todo, en medio de bombardeos de noticias sobre el terrible crimen pasional de la pareja García.

Mi tío llegó contento, yo lo esperaba con una suculenta cena, carne asada acompañada de papas a la francesa, una pisca de arroz y una suculenta ensalada de atún. No toqué mi comida, mientras mi tío la devoró en un parpadeo.

Ese corto tiempo en que él comía, lo aproveché para leer su mente, escudriñar en ella. Mi tío Hugo era una manzana podrida, tenía más pecados que años. Todo el tiempo le jugó trampas a mi inocente padre. ¡Y pensar que siempre lo creímos el mejor tío del mundo!

—Así que tú aconsejaste a mi padre, para comprar ese seguro de vida —dije, y el rostro de mi tío palideció.

—¿De qué hablas, sobrino?

—Sabes de qué hablo. Tu ambición mató a tu hermano y a la familia que, supuestamente, querías. —Trató de defenderse, pero fue inútil, yo seguí con mi juicio—: Ahora narrarás tu crimen, dejarás una carta y te quitarás la vida, te ahorcarás. El efecto del anillo era tan poderoso, que mi tío inmediatamente empezó a escribir, su mirada divagaba en lugares que yo desconocía. Lo dejé terminar su trabajo y salí de la casa, caminé por la ciudad, la emoción que esperaba me invadiera, no lo hizo.

Un nudo en mi garganta y un vacío en el pecho me acompañaron por todo mi camino, hasta que llegué a la casa y encontré el cadáver de mi tío colgando en el techo de la sala. En la mesa, descansaba una carta de dos hojas, donde relataba cada detalle de cómo ideó su atroz plan. Llamé a la policía.

El crimen quedó claro. Los medios bombardearon la ciudad con lo del crimen pasional y el suicidio de mi tío. La policía no preguntó mucho y cerró el caso, por fin, había vengado a mi familia. Sin embargo, no me sentía tranquilo, ni feliz; ese vacío en mi pecho se hacía más grande día tras día. Un día, el hombre que me entregó el anillo, apareció en mi casa, sonriendo, como siempre.

—¿Y bien? —dijo—. ¿Lo lograste?

—Creo que sí.

—A ver, dámelo —extendió su mano—. Vamos, dame el anillo —ordenó y obedecí, tal como el Mano Negra, su esposa y mi tío me habían obedecido a mí. Él lo observó y después me fulminó con la mirada.

—¿Qué pasa? —pregunté.

—Mira. —Me devolvió el anillo; cuando lo examiné no pude ver nada—. Mira sus gemas. —Tres gemas blancas habían cambiado de color, ahora el anillo tenía once gemas lilas y solo una blanca.

—¿Qué pasó? ¿qué es esto? —pregunté, no entendía qué había pasado.

—Encerraste tres almas, el anillo tenía espacio para cuatro, es decir, que te falta una.

—¿No entiendo?

—Falta un alma, ¿entiendes? El contrato exigía tu alma.

—¡No, no! —Traté de despertar de la pesadilla, pero no se trataba de ninguna, esto era tan real como saber que la lluvia te moja.

—Espera, aún tienes una solución, todavía queda un alma aparte de la tuya, tráela y tu alma quedará libre. —Me miró fijamente, luego dijo—: Tienes dos días.

Mi mente no entendía. Pasé toda la noche buscando a quién pertenecía esa alma de la cual ese hombre hablaba. Era la pequeña hija del Mano Negra, quien estaba al cuidado de sus abuelos. Ella faltaba.

Con ella completaba las cuatro gemas que llenarían los espacios del anillo. Sin embargo, no pude tocarla, era muy dulce, y al ver sus ojos tristes, no pude evitar sentirme culpable. Dejé a un alma pura sin sus padres, huérfana, al cuidado de dos ancianos que ya no podían velar ni por ellos mismos. Miré su alma, nada maligno ahí, ni siquiera odiaba a sus padres por dejarla sola. No podía hacer eso. Al verla, me sentí más culpable que nunca.

Al día siguiente, realicé todos los papeleos necesarios para que el seguro quedara a nombre de ella. Después hablé con sus abuelos, les di algunas pautas sobre el dinero para la niña; con eso aseguraba sus estudios y una vida cómoda, sin que le faltase nada.

Les di las escrituras de la casa y los papeles del taxi. Los abuelos firmaron muy agradecidos, ignoraban que todo eso yo lo había causado. Luego hice lo que tenía que hacer, ese espacio que faltaba era mío, y el hombre de cara puntuda me esperaba. Sabía todo lo que había hecho.

—Así que no quisiste salvar tu alma. Hiciste un acto desinteresado sin esperar nada a cambio.

—¿Eso me libera?

—Te libera del tormento. Sin embargo, tu alma ya no te pertenece, has transgredido la naturaleza humana, asesinar destroza tu alma y la separa de tu cuerpo. Pudiste reconstruirla, pero ella nunca regresará a ti.

—Yo no los asesiné —protesté sin energía, todo eso me parecía tan justo que no supe por qué quise refutar.

—Los obligaste a hacerlo, ¿recuerdas? Si ellos hubieran estado sin tu control, jamás habrían hecho lo que hicieron —me explicó, pero yo sabía que esa era la respuesta, tan solo quería alargar mis últimos instantes.

Después de esa explicación desapareció, el anillo quedó sobre la mesa, la última gema se tornó azul, no como el resto, que eran lilas. Cerré mis ojos, sentí cómo mi cuerpo se hacía liviano y empezaba a flotar, subí tan alto que solo las nubes eran visibles. Una mano me esperaba, la agarré fuerte, y me haló hasta ella, ahí me esperaban mis padres y mi hermano.

Me reuní con ellos y nos fusionamos en un solo latir. Inmensas alas blancas se desplegaron, brillaron en lo alto del firmamento; después, todo quedó en blanco para darle paso a un halcón, el cual atravesó el cielo para siempre.

Era como si yo viajara en él, es decir, sentía desplegar las alas del halcón como si fueran mías, miraba lo que el halcón veía. También sentí que no estaba solo, mi familia iba conmigo, como si todos fuéramos parte de esa inmensa ave.

Me sentí libre, como hace mucho tiempo no lo hacía, la paz me gobernaba. Llegué a una gran pared blanca, que no me permitía pasar.

Mi alma no atravesaría esa capa blanca que deslumbraba mi vista, mi alma no, pero la de mi familia sí. Me despedí de ellos. Ellos encontraron paz, yo no.

No entré a ese mundo, pero tampoco a otro. Mis actos de bondad me salvaban del infierno, pero mis actos criminales no me permitían entrar al cielo.

Es decir, mi castigo sería vagar en este mundo. Jamás mi alma encontraría un lugar, a partir de ahora era un espíritu errante, un ente destinado a vagar para siempre.